KB236504

물류를 멈춰 세상을 바꾸자!

물류를 멈춰 세상을 바꾸자!

초판 인쇄 | 2003년 8월 17일
초판 발행 | 2003년 8월 20일

지은이 | 배성훈
펴낸곳 | 진보문화 **삶이 보이는 창**
등록번호 | 제18-48호
등록일자 | 1997년 12월 26일
배본 | 한국출판협동조합 02)716-5619

(152-850) 서울 구로구 구로6동 314-1 극동상가 412호
전화 | 02)868-3097   팩스 | 02)868-4578
홈페이지 | www.samchang.or.kr
E-mail | samchang@samchang.or.kr

값 8,000원

ISBN 89-90492-08-4

물류를 멈춰 세상을 바꾸자!

| 화물연대 파업투쟁, 8일 간의 기억 |

배성훈 지음

삶이 보이는 창

해방의 경적을 다시 울리자

"물류를 멈춰 세상을 바꾸자"는 화물노동자들의 5월의 함성이 귓가에 가시기도 전인 5월 17일 민주노동당 경북도지부와 민지네(민주노동당을 지지하는 네티즌)와의 오프라인 모임이 경주의 한 호프집에서 열렸다.

이날 모임에 참석한 민지네 회원들은 5월 화물연대 파업투쟁을 TV와 신문 등 보수언론의 일방적 편파보도만을 통해 보면서 너무 답답했다는 말과 함께 당시 투쟁에 대해 상세히 접할 수 있는 기회가 있었으면 하는 바램을 우리에게 비쳤다.

나는 당시 화물연대투쟁에 함께 결합했던 한 사람으로서 8일 간 경험했던 투쟁의 기록을 민지네 사이트에 올려 네티즌들과 공유할 수 있도록 하겠다는 약속을 했고, 이후 약속대로 민지네 자유게시판에 연재 형식으로 기록을 올리기 시작했다. 반응은 화물노동자들의 투쟁 열기만큼이나 뜨거웠다.

특히, 민지네의 노동21 님(김석현 님)께서 진보누리를 비롯한 각 사이트에 글을 올려 주셔서 훨씬 그 효과가 컸다고 생각된다. 이후 4, 5편이 연재되고 난 후 몇몇 분들이 적극적으로 출판을 제의하셨고, 그 가운데 특히 노동21 님의 경우에는 직접 출판사를 연결시켜주기까지 했다.

이후 출판사에서 인터넷 상의 글을 검토해 보고 난 후 소중한 노동자들의 투쟁 기록으로 충분한 의미가 있다는 응원과 함께 과감하게 출판을 해보자는 제의를 하게 되어 부족한 글이 인터넷을 넘어 오프라인에서 출판되게 되었다.

덧붙여 화물연대 포항지부 보도1차장 정혁표 동지께서 8일 동안의 투쟁의 흔적을 영상으로 담아 깔끔하게 편집해 주셔서 글이 담아낼 수 없는 수많은 명 장면들을 동영상 CD에 담아 함께 배포할 수 있게 되었다.

돌이켜보면 나는 5월 포항지역 화물연대 투쟁을 함께 하면서 두 가지 행운을 거머쥐었다.

그 하나는 빛나는 화물노동자들의 영웅적 투쟁을 함께 할 수 있었다는 것이고, 또 하나는 그 투쟁의 기록을 부족한 필자가 직접 기록할 수 있었다는 것이다. 이 자리를 빌어 지금도 전국의 거미줄처럼 얽힌 도로 위에서 물류를 멈춰 세상을 바꾸는 꿈과 희망을 싣고 달리고 계시는 화물연대 동지들에게 감사드린다.

아울러 책이 출판되기까지 강력한 후원과 조언을 아끼지 않으신 〈민주노총 경북본부〉 김병일 본부장과 안동의 노동21님 그리고 지금 경주 내남교도소에 있는 6명의 동지들과 수배 중인 윤창호 동지 등 많은 분들의 은덕으로 보잘 것 없는 기록이 책으로 빛을 발할 수 있었다.

특히 열렬한 환호와 지지를 보내주신 민지네가 일등 공신이었음은 두말할 나위가 없고, 마지막 순간까지 교정과 편집 방향 등 애정을 쏟아 부은 『삶이 보이는 창』 송경동 님과 일꾼들의 노고 또한 만만치 않았음을 밝힌다.

누가 뭐래도 이 책의 진짜 필자는 바로 2003년 5월을 뜨겁게 달구었던 물류 파업의 주역 화물연대 동지들이었음을 분명히 밝혀둔다.

2003년 8월 해방광장에서

배성훈 드림

■ 인터넷판 서문

2003년, 포항은 해방구였다

1988년, 남한 노동자들은 자신들이 세계 노동운동의 주인공으로 등장하고 있음을 인식하지도 못한 채 수도 서울의 한복판 여의도에서 계급투쟁의 본격적인 서막을 열어 제끼고 있었다.

당시 처음으로 열린 전국노동자대회의 장엄한 물결이 시내를 가로질러 서강대학교 앞을 지나가고 있을 때 학교 담장 위에는 노학연대를 실천하던 학생 동지 몇 명이 노동운동사에 길이 기억될 명문구가 새겨진 글씨 피켓을 들고 서 있었다.

"남한 노동자 계급의 영웅적 투쟁 만세!"

이곳을 지나던 모든 노동자는 그제서야 자신이 역사의 주인공으로 부상하고 있음을 어렴풋이 직감하고 있었다. 장엄이라는 말 이외에 그 어떠한 단어로도 표현하기 그 힘든 순간을 우리는 21세기가 된 지금 아스라이 기억의 저편으로 밀어 넣으며 망각해 가고 있었다.

그러나 2003년 5월 화물연대 총파업 투쟁을 경험하면서 15년을 훌쩍 넘은 지금 다시 한 번 역사의 주인임을 상기시키면서 당당히 진군하고 있는 노동 형제들에게 그 문구를 돌려드리고자 한다.

"남한 노동자 계급의 영웅적 투쟁 만세!"

필자는 2003년 5월 물류총 파업 투쟁의 진원지가 된 포항 화물연대 투쟁을 처음부터 마지막 순간까지 함께 한 한 사람으로, 이제 우리 노동운동의 또 하나의 중심으로 거듭난 특수고용직 화물연대 동지들의 투쟁을 부족한 능력임에도 불구하고 이렇게 글로 옮겨 다른 동지들과 그 소중한 경험을 함께 나누고자 한다.

글을 기술함에 있어 미진하거나 오해를 불러 일으킬 소지가 있는 내용은 전적으로 내게 그 책임이 있다. 나는 혹시나 이 글로 인해 그 당당했던 5월의 투쟁에 조금이라도 누가 있어서는 안 된다는 긴장감과 두려움에 떨면서 글을 기록했다.

한편 필자는 교섭이 진행되는 곳이 아니라 조합원들이 함께 모여 있었던 파업투쟁 현장에서 8일 간 함께 했었기 때문에 교섭과 관련되어 진행된 내용은 정확하게 파악하고 있지는 않다. 그러나 생생한 현장의 역동성은 누구보다 풍부하게 경험했다는 것을 밝혀 두고자 한다.

　때로는 시간별 기술 형식으로, 때로는 소설 형식으로, 때로는 필자 개인의 감정에 치우친 무형식으로 기록된, 많은 한계를 내포하고 있는 글이라는 것도 먼저 말해 둔다. 흔히 이야기하는 후일담(Behind story)이며 화물사기가 아니라 화물유사로 기록될 것이다.

　이 글을 처음 쓰기 시작한 5월 19일 오후에 화물연대 지도부에 대한 대대적인 검거 선풍이 몰아쳤다. 화물연대 포항지부장을 비롯한 간부 8명에 대한 긴급체포영장이 발부되었고, 곧이어 2선 지도부들에게도 전면 조사와 함께 소환장이 연이어 날아들고 있었다.

　민·형사상 책임을 묻지 않겠다던 참여정부의 약속은 거짓말로 드러났다. 노무현 정권은 자신들과 화물노동자 간에 맺어진 협정서의 잉크가 채 마르기도 전에 그것을 찢어버리고, 탄압의 칼날을 들이대고 있다.

　하지만 탄압에 질 노동자들이 아니다. 역설적으로 화물연대 파업투쟁은 노무현 정권의 반노동자성, 반민중성이라는 본질을 완전히 드러내놓게 만들었다. 노동자 민중의 입장을 벗어난 신자유주의자가 외치는 개혁의 기치는 결국 민중의 가슴에 비수를 겨누는 예리한 탄압의 칼에 불과하다는 사실을 다시 한 번 증명한 셈이다..

　"적어도 화물노동자는 안다! 노무현은 개혁의 탈을 쓴 반노동자적 자본가 정권이라는 사실을…."

　이 글을 故 박상준 동지와 새로운 전사로 거듭난 화물연대 동지들에게 바친다.

■ 글차례

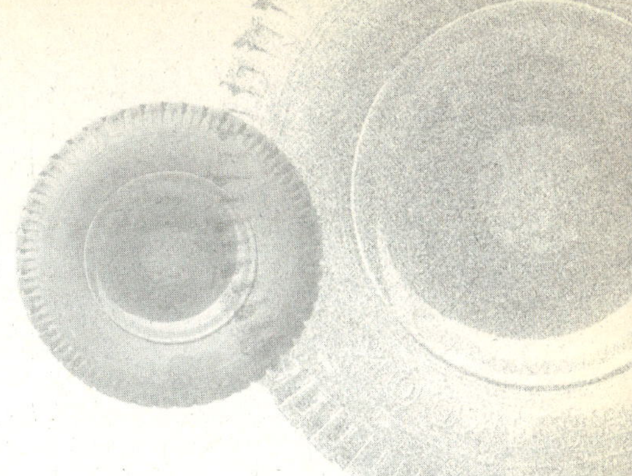

화물연대 파업투쟁, 8일 간의 기억——1

1. 세상이 이리도 좁을 수가… 아! 바로 당신이었군요!

물류를 멈춰 세상을 바꾼 화물연대 총파업 투쟁의 진원지였던 포항 화물연대 파업투쟁의 촉매제 역할을 했던 故 박상준(34세. 4월 말 음독 자살) 동지의 죽음은 이번 투쟁 내내 우리들 뇌리와 혈관 속을 떠돌아다니며, 팽팽한 긴장을 유지하게 했던 주동력이었다.

4월 27일. 민주노총 포항시협의회 산안부장 동생 결혼식이 대구에서 있어서 포항시협의회 전 상근 간부들이 결혼식에 참여했었다. 대구 온 김에 아이들을 데리고 월드컵 축구경기장에 들러 축구경기를 관람하고 저녁시간쯤 대구에서 포항으로 돌아오고 있었다.

그런데 안강 강교휴게소를 지날 때쯤 아내의 휴대폰으로 날아온 소리.

"아 예 여기 동대병원인데요…. 농약 마신 환자가 있어서 그런데 지금 즉시 병원으로 와 주세요."

마침 필자의 아내가 그 병원 책임간호사였다. 아내는 집에 도착한 즉시 병원으로 달려갔고, 새벽 4시 30분이 되어서야 집으로 돌아왔다.

다음날 그 환자(?)는 생명을 잃었다.

4월 28일. 전국운송하역노조 김종인 위원장이 급히 포항으로 내려오고 있다는 전갈과 함께 화물연대 소속 노동자 한 명이 자살을 했다는 내용의 전화가 왔다. 한편 화물연대에서는 화물노동자장으로 장례를 준비하고 있다는 내용과 함께 급히 동대병원 영안실로 가서 운송하역노조 간부들과 협의를 하라는 민주노총 경북본부장의 지침이었다.

급박한 마음에 가슴을 졸이며 영안실로 들어서는 순간, 나는 또 한 번 깜짝 놀라지 않을 수 없었다. 절친했던 고등학교 시절 친구가 영안실에 서 있었다. 故 박상준 동지가 친구의 손아래 동서였다.

친구는 조용히 민주노총의 조기를 영안실 빈소 앞에 설치하고, 문상을 마친 내게 가족들을 소개시켜 주었다. 독실한 불교신자였던 가족들은 화물노동자장을 완곡하게 거부하면서 가족장으로 치를 것을 주장하였고, 결국 우리들은 유가족들의 뜻을 따를 수밖에 없었다.

일요일 혈액투석을 받았던 농약환자가 바로 박상준 동지였던 것이다. 평소 안면이 있던 남편 친구의 동서가 바로 일요일 그 환자였다는 사실을 접한 아내도 한동안 말을 잊지 못했다.

아! 바로 당신이었군요. 박상준 동지!

그날 포항에는 비가 억수같이 쏟아지고 있었다.

비는 화물연대 노동자들의 가슴을 서러움으로 다시 한 번 적시고 있었다.

[추도시] 당신은 혼자 가신 것이 아닙니다

— 출처 : 전국운송하역노동조합 화물연대 홈페이지
　　　(http://kcwf.jinbo.net/hwamul)

한 남자가 있었습니다.

휘청이는 허리를 감싸쥔 채 꼭두새벽부터 한밤중까지 고속도로에서 하루를 보내는 남자가 있었습니다.

남들은 그쯤이면 대리로 진급을 했다고 자랑을 합니다.

남들은 그 나이쯤 되면 자그마하지만 집 장만해서 아파트로 이사를 한다고 자랑을 합니다.

그런데 그것을 못하는 남자가 있었습니다.

한달 내내 새빠지게 일을 해도 차량 할부값 내고 나면 어린 자식 우유값이 없어
말없이 눈물 흘리던 남자가 있었습니다.

한달 내내 뼈빠지게 일해도 남는 게 없어 하루하루 때꺼리를 걱정하는 사내가
있었습니다.

남들은 수출의 역군이라고 했습니다.

또 어떤 이는 산업의 대동맥이라고 했습니다.

그렇습니다, 고속도로에서 날밤을 세우고 하루에 수십 잔의 커피를 마시며 졸
음운전을 하면서도 마음 한편에서는 경제의 대동맥 물류를 움직인다는 자부심
도 있었습니다.

그런데 이게 웬일입니까?

이게 웬 날벼락입니까?

바로 며칠 전 차량 할부값 다 갚았다고 그토록 좋아하던 당신이었습니다.

화물연대 조끼를 입고 그토록 당당해 하던 당신이었습니다.

그런데 이렇게 가셔야 합니까?

그런데 이토록 허무하게 가셔야 합니까?

남들처럼 사랑하는 아내와 자식들과 아침 저녁 같이 밥 먹는 것이 그토록 소원
이었던 당신.

남들이 주5일 근무 이야기할 때, 아침 저녁 정시에 출퇴근 한번 해보는 것이
그토록 소원이었던 당신.

그런데 이렇게 가셔야만 했습니까?

사랑하는 아내는 어이 살라고 어린 자식들은 어이 살라고 이렇게 가십니까?

가족들에게 남긴 것이라곤 8000만 원의 빚뿐입니다.

누가 당신을 이렇게 만들었습니까?

누가 당신을 죽음으로 내몰았습니까?

박상준 동지!

우리 모두가 죄인입니다.

우리가 당신을 죽였습니다.

우리가 하루라도 빨리 뭉쳤던들,

우리가 조금만 더 단결했었던들,

당신을 이렇게 허무하게 보내지 않았을 것입니다.

내일이면 과천에서 우리조합원들이 다 한 자리에 모입니다.

투쟁의 의지를 다지고 결의를 다져야 할 자리입니다.

그러나 우리는 오기로 뭉쳐진 주먹을 다시 한 번 불끈 쥘 것입니다.

분노의 이빨을 앙다물 것입니다.

당신을 죽음으로 내몬 놈들은 아직도 우리를 기만하고 있습니다.

당신을 죽음으로 내몬 놈들은 여전히 우리를 얕보고 있습니다.

이제 우리는 동지를 우리의 가슴에 묻습니다.

당신은 죽으면서도 화물연대 조끼를 벗지 않았습니다.

당신은 죽는 그 순간에도 동지들에게 투쟁을 당부했습니다.

이제 우리는 동지를 고속도로에 묻습니다.

동지여 고이 가소서.

우리가 흘릴 눈물은 밤새 하늘이 다 흘렸습니다.

동지의 유지대로 승리하는 그 날까지 끝까지 단결 투쟁하겠습니다.

그때까지는 분노의 눈물을 가슴속으로 흘릴지언정 슬픔의 눈물은 보이지 않겠
습니다.

故 박상준 동지여! 고이 가소서.

당신의 이름은 자랑스런 화물노동자입니다.

2. 엄청난(?) 철벽보안! - 준비되지 않은 투쟁의 서막!

　4월 30일. 과천 상경투쟁과 5월 1일 메이데이 투쟁의 주인공은 단연 화물연대 노동자들이었다. 그 주인공들의 대오 가장 선두에는 박상준 동지의 영정이 걸려 있었다.

　메이데이 상경투쟁을 마치고 내려오던 포항지부 동지들은 버스 안에서 전국적인 투쟁열기를 그대로 계승하여 5월 2일 파업투쟁에 돌입한다는 결정(?)을 내렸다.

　5월 2일. 뒤늦게 애기를 들은 민주노총 포항시협의회에서는 화물연대 포항지부에 연락을 해서 파업에 대한 문의를 했으나, 지부장을 비롯한 대부분의 간부들은 파업은 하지 않고 집회만 한다는 답변이었다.

　각 언론사에서 문의를 해오면, 우리 역시 그렇게 답변을 했다.

　그런데 글쎄 이 아저씨들이 자기들끼리는 TRS*로 통신을 하면서 전국방방곡곡에 파업을 한다는 광고를 다 해버렸다.

　으~ 열 받어~. 이게 무슨 보안이란 말인가? 민주노총한테는 철벽보안이고… 짭새한테는 다 들키고….

　어쨌든 이런 보안 덕택에 첫날부터 밥은 도시락을 시켜먹고… 잠은 민주노총에서 긴급 지원한 천막과 차량에서 새우잠을 자야 했다. 천막을 비롯한

＊TRS(trunked radio system, 주파수 공용 통신 시스템) 일정한 주파수를 전용하도록 되어 있는 기존 이동전화 등 셀룰러시스템과 달리 독립된 각각의 채널을 하나로 묶어 다수의 이용자가 공용하도록 한 방식이다.

해방광장의 천막들

파업장비가 전혀 준비되어 있지 않았기 때문이었다.

그러나 누구 알았던가? 이런 어설픈 준비와 계획되지 않은 투쟁이 태풍의 눈이 될 줄이야.

사실 이제 와서 하는 이야기지만, 그 날 우리 민주노총 포항시협의회 식구들은 엄청 열받아서 속된 말로 꼭지가 패~ㅇ 돌아버렸다. 부랴부랴 포항지역건설노조에 연락해서 대형전기밥솥*과 식기를 빌려서 설치하고…. 천막을 수배하러 다니고…. 이런 럭비공 같은 아저씨들!

대단한 보안이야~ 나 원 참!

---

*대형전기밥솥 포항지역건설노조는 포스코 내에서 용광로 설치, 정비, 제작, 교량용 박스 제작 등을 하는 일류 기술자들(일용직 노동자)로 구성되어 있다. 일용직인 관계로 특정한 소속 사업장이 없다. 따라서 파업 때마다 천 명이 넘는 노동자가 형산강 둔치나 공설운동장 등의 야외공간에 대형 솥을 걸어 놓고 밥을 해서 먹곤 한다. 건설노조에서는 이런 경우를 대비해서 아예 대형 식당 주방용 솥과 장비, 각종 그릇과 비품들을 완벽하게 준비해 놓고 있었다. 대략 1,500명 정도의 식사는 거뜬하게 해낼 수 있는 장비들이다.

3. 파괴! — 새로운 질서를 향한 진통, 건설의 또 다른 모습

파업 첫날 어스름 해가 지고 난 후 지도부는 조직을 정비하고 있었다. 동방, 동국, 로얄, 천일, 성우, 포항1, 포항2, 경주, 영천, BCT, 선봉대, 순찰대, 정문경비대, 기타…. 대략적인 조직정비를 마치고 포항지역 주요 거점 열세 군데에 각 조별로 대오들을 배치시키기 시작했다.

야간에 대오들이 배치되자마자 물류 전쟁은 시작되었다.

파괴, 충돌, 혼란….

특히 관문주유소가 있는 포항 진입도로 부근에서는 끊임없는 마찰이 발생했다. 철강제품을 싣고 출입하는 상당수의 차량들이 우리 대오들의 검문검색에 막혀 실랑이를 벌이다가 물리적인 충돌이 발생한 것이다.

첫날 경찰에 접수된 신고건수만도 10여 건이나 되었고, 우리 상황실에 접수된 내용은 헤아릴 수 없었다. 차량이 부서지고, 다쳐서 병원에 실려가고 각종 접촉사고가 일어나는 등 혼란으로 포항은 아수라장이 되었다.

전쟁은 이렇게 파괴와 충돌의 모습으로 우리들에게 다가오고 있었다. 상황실과 지도부에서는 거점 지역 근무교대 때 지켜야 할 특별지침을 하달했다!

1. 어떠한 이유에서든지 폭력은 절대로 금할 것.
2. 화물차량이 아닌 일반차량은 통제하지 말 것.

그러나 지도부의 거듭되는 지침과 호소에도 불구하고 곳곳의 마찰을 다 막을 수는 없었다. 화물연대 노동자들의 응어리진 한은 자본과 권력에 대한 투쟁과 저항뿐만 아니라 파업을 하고 있는 시기에 얌체처럼 짐을 싣고 다니는 다른 화물차 기사들에 대한 응징으로 왜곡, 굴절되어 표현되고 있었다.

그러나 이러한 파괴와 충돌, 극심한 혼란은 둘째 날을 고비로 현저히 줄어들면서 안정되었다. 둘째날을 고비로 포항지역 전 도로에 대한 100% 장악을 화물연대가 하면서부터 가능해졌다. 불필요한 마찰은 최대한 억제하고, 적절한 통제와 내부 규율로 포항은 예전 모습을 찾기 시작했다. 단, 화물차는 찾아볼 수가 없었지만.

들리는 풍문에 겁을 집어먹은 화물차 기사들이 아예 포항 쪽으로 들어오질 않는다고 했다. 그래서 영천과 경주 지역에 대부분의 화물차들이 집결해서 상황을 살피고 있는 중이라고도 했다.

우리는 '파괴라는 단어가 창조라는 단어의 또 다른 동의어'라고 생각한다. 조용한 창조와 평온한 새 질서는 결코 없는 것이다. 새로운 질로의 변화는 필연적으로 진통을 요구하기 때문이다.

굴종과 노예의 옛 질서는 파괴되었고, 새로운 질서가 건설되고 있었다.

시내 거점지역 근무 모습 — 포스코 2문 앞

4. 오합지졸을 넘어 혁명군으로

　　주요 거점 지역에 투입된 화물연대 조합원들은 그야말로 오합지졸이었다. 대부분 4~50대인 이들은 단 한 번도 파업이나 투쟁을 해보지 못한 그야말로 완전 초짜들이었다. 그런 그들에게 철의 규율을 요구한다는 것 자체가 욕심인지도 모를 일이다. 그러나 시간이 지나면서 오합지졸은 점점 더 규율과 통제를 갖춘 혁명군으로 변해가고 있었다.

　　대표적인 예가 정문경비대 충돌사건이었다. 사건의 전말은 다음과 같다.

　　당시 파업현장 전체의 진행과 통제권을 행사하고 있던 지도부와 상황실에서는 정문경비대에 누차에 걸쳐 출입 통제강화를 지시하고, 이 내용을 대중적으로 집회 때마다 확인시켜 주었다.

통제강화의 주요 내용인즉슨, 화물연대 지부장을 비롯한 그 어떠한 사람
도 통행증이 없으면, 절대 통과시킬 수 없다는 것이었다. 이것은 내부 규율
을 위해 어쩔수 없이(타 지역에서 온 사람은 천막에서 자고, 포항지역 조합원들은
자꾸 밤에 집에 가는 등 문란해진 기강을 바로잡기 위해) 취한 조처였다. 통행증
은 지부장과 상황실에서 발급하였다.

5월 4일쯤으로 기억하고 있는데 밤 11시경에 식당조(성우지회 조합원들로
구성) 동지들이 외출증을 끊어서 나가다가 정문경비대와 정면 충돌을 해버렸
다. 통행증에는 ○○○ 외 6명으로 되어 있는데 한두 명이 더 트렁크에 숨어서
나가다가 조합원의 제보로 들켜서 정문경비대에 의해 제지를 당했다.

정문경비대원들의 제지에 화가 난 식당조 간부가 열이 받았다.

“너희들이 뭔데 막는교! 우리는 식당조 사람들 아이가… 내일 밥 안 먹을
끼가. 청결이 중요하다 안 하나. 금방 씻고 온다는데 와 카나! 막지 마라!”

그러나 목석 같은 정문경비대원들 왈,

“책임자고 식당조면 다인 줄 아나! 죽어도 통행증 없이는 안 된다! 우리는
지침대로 할 뿐이라 안 카나.”

한마디로 난리가 나 버렸다. 부랴부랴 지부장이 출동하고, 간부들이 모이
기 시작했다. 그러나 피곤하고 지쳐 있던 차에 욕설이 오고가고 나니 일촉즉
발의 상황까지 갔다. 특히, 정문경비대에서는 자신들은 죽는 한이 있더라도
선봉대장의 지침에 의거해서 설혹 지부장이라 하더라도 통행증이 없으면,
나갈 수 없다고 버티기 시작했다. 이쯤 되다 보니 지부장도 꼭지가 돌아버렸
다. 말리는 간부, 으르렁거리는 정문경비대와 식당조. 참… 미칠 지경이었
다. 결국 민주노총의 권위를 빌릴 수 밖에 없었다.

상황실에서는 욕을 섞어가면서까지 훈계조로 타이르고 윽박지르고 협박

해서 겨우 마찰을 막아 놓고, 양쪽 입장을 듣기 시작했다. 결론은 정문경비대가 잘못이 없는 것으로 결정이 났다. 식당조는 새롭게 통행증을 발급받아서 외출을 하라는 지침을 내리고 상황을 일단락시켰다.

이 사건 이후 지부장이 손수 경비대의 손을 잡으며 노고를 치하하고, 마음을 달래주고, 다시 한 번 이번 투쟁이 우리 내부의 싸움이 아니라 권력과 자본과의 한판 싸움이라는 사실을 상기시키면서 상황을 수습했다.

우리는 이 사건이, 우리 내부를 본격적으로 규율로서 통제하기 시작한 상징적 사건이라고 생각한다. 이 사건 이후로 상황실은 통행증을 받기 위한 임시 동사무소처럼 변해 버렸다. 외부인의 출입과 술(우리는 투쟁기간 내내 이것을 약이라 불렀다)의 반입도 눈에 띄게 줄어들었다.

마찬가지로 각 거점 근무지에서의 규율도 한층 틀을 잡아나가고 있었다. 오합지졸에서… 물류를 멈춰 세상을 바꾸는 혁명군으로 우뚝 서고 있었던 것이다.

민지네(http://minjine.net) 댓글 모음

불집

(03-05-21, 17:34) 경주에서 소한님의 말씀을 들었을 때, 가슴이 두근두근 거렸던 생각이 납니다. 끝까지 있지 못하고 대구로 오면서도 삶의 역동성을 느꼈습니다. 노동현장과 그 속에서 사는 분들의 힘찬 역동성. 2편도 빨리 올려줘요.^^

야시스

(03-05-21, 17:46) 아… 추천 하나 올리고 갑니다. 2편 기다리겠습니다.

질풍노도

(03-05-21, 18:55) 붉은 물결의 사진을 보며 현장감 넘치는 글을 읽고 있자니 심장 박동 소리가 커집니다. ^^

맑은물

(03-05-21, 22:40) 노동절 때 멋진 모습이 인상적이었습니다.

5. 계엄사령부의 통행증을 확보하라!

화물연대 파업투쟁 지도부와 상황실에서는 전체 간부 회의를 통해 계속되는 마찰과 사고를 줄이기 위해, 또 불요불급한 제품 납품과 관련된 통행허가를 위해 시내통행증을 발급하기로 했다.

당시 전면적인 통제가 시작되면서, 약간의 문제와 불편함이 뒤따랐고, 이러한 사실은 언론사들의 표적이 되어 마치 화물연대를 폭도로 몰아갈 수도 있다는 판단 하에 화물연대에서는 다음과 같은 결정을 내렸다.

1. 중소기업이나 생산에 급박한 차질이 있는 경우 해당 제품과 차량의 통행을 허용한다.
2. 평소 화물연대 조합원들이 운송하던 물품 이외의 제품은 통행을 허용한다.
3. 운송 제품의 내용과 관계없이 2.5톤 이하 차량은 전면 통행제한을 해제한다.

그러나 위의 지침들이 근무지에 있는 조합원들에게 제대로 전달이 되지 않거나 잘못 전달되어 포항지역에서는 마치 모든 차량이 통행증을 발급받아야만 다닐 수 있는 것으로 소문이 나기 시작했고, 급기야 임시 상황본부로 사용하고 있던 민주노동당 포항시남구울릉군 지구당은 포항 전 지역의 차량들이 통행증 발급을 받기 위해 밀려오는 바람에 지구당은 물론 화물연대 투쟁 상황실의 모든 업무가 마비되기에 이르렀다. 지구당 사무실은 계엄사령부의 통행증 발급처가 되어 버린 것이다.

본의 아니게 통행증 업무를 전담하는 업무를 우리들이 하게 되었는데, 첫

통제로 인해 돌아가는 덤프차

째 날은 운송하역노조 아무개가 사령관(?)이었고, 둘째 날은 민주노총 아무개가 사령관으로 취임했다.

셋째 날은 필자가 팔자에도 없는 임시사령관으로….

정말 속된 말로 반 죽었다. 힘들어 죽는 줄 알았다. 파업투쟁 중 가장 힘든 일이 바로 이 일이었다.

쓰레기 치우는 차량, 밥차, 똥차, 오만가지 차량이 다 와서 통행증을 발급받겠다고 지구당 회의실 옆에서 1~2시간 심지어는 반나절을 기다리는 상황은 정말 계엄 그 자체였다.

상황실에서는 통행증을 발급받은 차량 가운데 외부로 나가는 차량은 조합원 1명을 태워서 안전하게 외곽까지 보호해 주기도 했다. 통행증을 끊은 업체의 사장은 확 핀 얼굴로 웃으면서 머리가 땅 끝에 닿을 정도로 꾸벅거리면서 돌아갔고, 통행증을 받지 못한 업체의 사장이나 담당자는 죽을 상을 해가지고 상황실에서 애걸복걸 매달리고 있었다.

통행증을 가지고 있는 차량은 그 다음날도 무사통과되었고, 특히 사령관들의 명함이라도 하나 입수한 사람은 본부장 이름 들이대면서 무슨 큰 빽이나 되는 것처럼 통행을 요구했고, 또 실제 그렇게 되어 버렸다. 웃지 못할 상황들이 벌어졌던 것이다.

그중에는 꼭 필요한 물품 반출이라고 우리를 속이고 조합원을 동승시켜 나가다가 조합원이 차량 적재함을 검사하고 난 후 불법 반출임을 확인하고 통행을 저지시키는 사태도 발생했다.

어디 그뿐인가? 포스코에서는 관광버스에 몰래 물건을 싣고 나가기도 하고, 승용차 트렁크, 덤프차에 물건을 싣고 나가기도 하고, 소형 지게차로 몰래 물량을 실어 나르기도 하고…. 정말 천태만상이었다. 결코 우리가 이런 상황을 원한 것은 아니었는데….

우리는 대부분의 차량에 통행증을 발급하고, 조합원을 동승시켜 안전하게 외곽으로 안내했다. 하지만 몇몇 차량에 대해서는 철저히 통행을 제한했다. 예를 들어 5월 5일 포스코가 몰래 물량을 빼내려다가 우리 대오에 의해 제지 당하는 사건이 있었는데, 포스코의 물량을 빼내려고 시도한 주역이 바로 한진이었다. 그런데 5월 6일 한진의 과장이라는 사람이 찾아와서 부두 쪽 대형 중기 가동에 꼭 필요한 기름을 싣고 들어가야 할 차량에 대한 통행증을 요구했다. 우리는 한진 사장이 직접 와서 화물연대 조합원들 앞에서 공식적으로 사과하기 전에는 불가하다는 결정을 내리고 통행증 발급을 단호히 거부했다. 또 우리 조합원들이 평소 몰고다니는 차량과 같은 차종인 트레일러에 철강을 싣고 가는 차량의 경우에는 그 어떤 경우에도 불가하다는 방침을 내리고 업체 사장을 설득해 돌려보냈다.

하지만 며칠이 지나면서 도저히 이런 식으로는 안 되겠다는 판단을 내린 지도부는 셋째 날부터는 통행증 발급을 중단하고, 화물연대 관련 차량을 제

공권력과 함께 제품을 반출하려다가 막힌 한진 차량

외한 전 차량에 대해 통행을 해제했다. 그럼에도 불구하고 곳곳에서의 통행 제한은 도저히 어쩔 수 없는 상황이었다. 어찌 수십 년 간 억압당하고 수탈당해 온 화물노동자들의 분노를 지침으로 다 통제할 수 있단 말인가?

비록 3일 천하이긴 했지만 통행증 발급 사령부에서의 일은 두고두고 잊을 수 없는 사건으로 화물연대 조합원들 사이에 회자되었다. 우리가 행정권, 사법권 등 모든 권한을 가지고 있었으니…. 심지어 포항시청 상수도사업본부조차 우리들에게 통행증을 발급받고 갔다.

우리는 3일 동안의 통치(?)를 우리 스스로 끝내고 말았다.

6. 어린이날 대항쟁! — 물류 총파업 투쟁의 도화선!

5월 4일 자정 즈음에 두 개의 첩보가 날아들었다.

첩보의 내용은 포스코에서 공권력을 동원한 채 5월 5일 대규모로 코일(철강1차 완제품)을 빼낸다는 것이었다. 우리는 5월 5일 아침 일찍 긴급 비상회의를 소집해 대오를 정비하고, 보안을 유지한 채 대기하고 있었다. 그때 TRS를 통해 포스코에 병력이 속속 움직이고 있다는 속보가 날아들었다.

곧이어 지도부의 행동지침이 떨어졌다. 정말 가슴 터질 듯한 긴장감에 목이 타고 혓바닥이 바짝바짝 말리고 있었다. 떨리는 가슴으로 전체대오를 향해 지도부의 지침이 하달되고 있었다!

"동지 여러분! 이제 결전의 순간이 왔습니다.

포스코 개시끼들이 우리를 죽이려 합니다.

오늘 우리 화물노동자들의 분노가 무엇인지 보여 줍시다!

각 지회별로 전체 행동으로 돌입하십시오.

포스코에서는 단 1톤의 제품도 출하할 수 없도록 포철 3문을 막아 주십시오"

이 지침이 떨어지자 25톤 카고 트럭과 트레일러 일곱 대에 분승한 500여 명의 동지들이 긴급 출동하였고, 급기야 포스코 3문은 봉쇄되었다. 곧이어 트레일러와 카고트럭 십여 대(대한통상 — 대한통운 하청 협력사 조합원 차량)가 조합원들 뒤편으로 2차 봉쇄를 하면서 포스코 3문은 전면 통제되었다. 9시 저녁뉴스를 장식했던 포스코 3문 앞의 전투경찰과 피말리는 대치가 시작된

식당차 동방운수의 윙바디 25톤

것이다.

한편, 상황실에서는 봉쇄투쟁을 효과적으로 마무리하고 엄호하기 위한 비상작전에 들어갔다. 혹시라도 있을지 모르는 포스코의 정문, 1문, 2문을 봉쇄할 차량을 준비하고, 나아가 장기봉쇄로 이어질지도 모른다는 판단하에 밥을 투쟁 현장에 배달하기 위한 작전이었다.

식당조는 급박하게 봉고차 밴을 동원하여 국과 밥을 싣고 포스코 3문을 중심으로 1, 2정문에 배식을 실시했다. 저녁 식사는 25톤 대형 식당차*를 아예 투쟁 현장으로 급파했다.

***식당차** 25톤이나 되는 대형 윙바디 차량이었는데, 아마 잘 모르시는 분은 고속도로 상에서 보면, 대형차 냉동탑차 비슷하게 생겨서 양쪽으로 윗덮개가 열리면서 위쪽으로 올라가도록 되어있는 차를 말한다. 지난 대선때 권영길 후보 유세단이 사용하던 무대차량이 바로 윙바디다.
동방 소속의 윙바디 한 대를 차출하여 뚜껑은 열어 놓은 채 차량 갑판 위에서 식당을 운영했는데, 대형 밥솥 2개와 국솥 2개, 그리고 각종 물통, 라면박스더미 그리고 식당조 6~7명이 올라갈 수 있는 정말 멋진 대형식당이었다. 우리는 이 식당을 화물식당이라 불렀다.

천리를 달리는 것보다 중요한 일이 있다

　물론 나머지 십여 곳의 거점 근무자들은 스스로 식사를 해결할 수밖에 없었다. 야외에서의 식사가 대부분 그러하듯 주로 컵라면과 자장면이었다. 철탑 4거리에 근무 나간 동지들은 무료함을 달래기 위해 인근 다방에 커피를 시켜 마시는 간 큰 행동도 서슴지 않았다.

　포스코 3문에서는 거대한 흡혈의 공장 포스코를 뒤로하고 빼낼 물건을 실은 차량(주로 한진 차량)이 쭈욱 서 있고, 그 앞에는 전투경찰이… 전투경찰 바로 앞에는 우리 조합원들 전체가 드러누워 있고, 또 조합원들의 뒤에는 조합원들이 타고 있는 트레일러와 카고차량이… 그 뒤에는 다시 한 번 우리들의 차량이 바리케이트를 치고 있었다.

　시간이 지나도 경찰과 포스코는 움직이지 않고 계속 우리들의 틈을 노리고 있었다. 시간이 지나면서 투쟁지도부는 답답함을 느끼기 시작했다. 적들의 반응이 없어서….

　우리는 2차 투쟁의 수위를 높이기로 결정했다. 공권력을 철수시키고, 물

36

봉쇄된 포스코 3문 앞에서 가족상봉하는 조합원

건 실은 차를 돌리지 않으면 매 30분마다 하나의 문을 더 틀어막을 것이라는 결정을 내리고 카운트 다운에 들어갔다. 2문이 봉쇄되고, 정문과 1문이 봉쇄되었다. 이로써 우리나라 산업발전의 기초공장이자 핵심이라고 이야기하는 포스코가 완전 봉쇄된 것이었다. 이날 INI steel은 이미 전기로 4개 중 3개가 꺼져 있는 상황이었다. 화물노동자들은 물류를 멈추고 세상을 멈춰가고 있었다.

화물연대 파업투쟁의 몇몇 고비가 있었지만, 어린이날 감행된 이 봉쇄 투쟁은 투쟁의 성격을 한 단계 더 강화시킨, 중요한 대항쟁이었다.

상황실에서는 원래 이날 일정을 어린이날인 관계로 다양하게 준비하고 있었다. 먼저 조합원들의 전 가족을 투쟁 현장에 오게 해서 족구를 비롯한 체육대회와 어린이를 위한 다양한 행사를 하기로 하고, 돼지고기 60만 원어치와 어린이 상품을 준비하기로 했었다.

그래도 가족을 만난다는 것은 행복한 일이다

결국 돼지고기와 어린이 상품을 각 근무지에 나눠 주느라고 식당조와 순찰조, 그리고 상황실 근무자들이 뺑이쳤다는 것 아닙니까? 포항 전 지역 13개 근무지에 일일이 된장과 고기를 다 손으로 나누어주었다는 것 아닙니까?

급작스런 투쟁으로 모든 행사가 취소되고 어린이날 부푼 꿈을 안고 아빠를 찾아왔던 어린이들은 시커먼 얼굴에 덥수룩한 털복숭이 얼굴을 한 채 전투경찰과 대치하면서 누워 있는, 또 길거리에 앉아서 저희 아버지들이 퀭한 눈을 한 채 전투식량을 배급받아 식사하는 장면을 보면서 무슨 생각을 했을까?

이산가족 상봉의 그 짠한 장면을 우리는 알고 있다. 이날 5월 5일 어린이날 대항쟁의 백미는 바로 이산가족 상봉이었다. 오후 1시가 되면서, 남편 줄랍시고 김밥에 맛난 도시락 챙겨 바리바리 싸들고, 또 한 손에는 올망졸망 애기들 손잡고 오는 가족들의 행렬이 이어졌다.

그러나 이게 웬일인가? 사랑하는 아빠, 남편이 9시 뉴스에 나오는 무시무시한 투사가 되어 있었으니…. 이산가족 상봉의 핵심은 눈물이 아니던가? 대오 속에서 나오지도 못한 채 사랑하는 가족들을 바라보고 있는 투사 남편도, 그 남편을 바라보고 있는 가족들도 모두 울어버렸다. 시간이 지나면서 가족들은 함께 모여 싸온 음식들도 나누어 먹고, 아이들 머리도 쓰다듬어 주었다. 마침, 포스코 3문 맞은 편이 E-마트 야외 주차장 겸 휴식공간이어서 좋

38

은 상봉 장소가 되었다.

한동안의 상봉을 마친 후 조직 정비를 하고, 만일의 사태를 대비하기 위해 야간 근무자와 대규모 차량으로 3문을 봉쇄해 두고 나머지 대오들은 스크럼을 짜고 당찬 행진을 하면서 개선장군이 되어 천막현장으로 무사히 귀환했다.

민지네(http://minjine.net) 댓글 모음

노동21

(03-05-21, 18:15) 소한님 /진보누리 쟁점 게시판에 좀 올려줄 수 없소. 퍼날러 보려니 사진을 퍼나르는 방법을 모르것소. 정녕 좋은 글이오.

질풍노도

(03-05-21, 19:01) 글을 읽으면서 살 떨리는 긴장감을 느낍니다.
3편도 꼭 올려주세요. ^^

택사랑

(03-05-21, 22:25) 님들의 투쟁은 후세의 역사에 길이 빛날 것이오. 변하지 않는 물류시스템은 80년대의 전근대적인 것이오. 변화의 흐름에 맞는 경제시스템이 필요하지만 정치인들은 교묘하게 노동자를 지배하고 착취하고 있습니다.
저는 노동자의 한사람으로서 이런 정치인에게 표을 준 노동자의 의식에 문제가 많다고 생각합니다. 노동자의 의식과 자기 자신의 자각이 자신의 정체성을 깨우쳐야 할 듯합니다, 내년 총선에서는 재벌은 재벌에게, 노동자는 민주노동당에 표을 줄 때만이 노동자의 삶을 위한 정책을 펼칠 수가 있다고 생각합니다. 님들의 투쟁에 감사합니다. 님이 운짱이면 달구지사랑방 소모임에 가입하세요.

맑은물

(03-05-21, 23:18) 너무 생생하네요. ^^

깡통

(03-05-22, 01:32) 여의도에서 노숙하던 생각난다. 나쁜쉐이들.

쫑아

(03-05-22, 20:27) 눈물이 나네요. 아~ 정말 생생한 글입니다.

7. 폭풍우를 이겨낸 아침구보! — 반성

5월 7일 밤부터 시작된 비와 바람은 상상을 초월하는 것이었다. 대형천막이 뒤로 발랑 까져 뒤집어지고, 식당이 부분 파손되고, 조합원들은 추워서 오들오들 떨고 있고, 턱없이 부족한 천막 속에서 새우잠을 자는 정말 너무나 힘겨운 상황이었다. 대오는 슬슬 이탈하기 시작했고, 불만과 동요의 목소리는 높아가는 듯했다.

5월 7일과 8일 사이 지도부 전술회의에서는 심각한 논의와 함께 많은 우려를 하면서 투쟁을 빨리 정리하고 마무리하기 위한 마무리 교섭에 총력을 기울이자는 논의를 시작했다.

다음날 해가 떴다.

투쟁 현장에 도착한 필자는 아연실색하여 철렁 내려앉는 가슴을 추스르느라 잠시 동안 무대로 만든 트레일러 위에서 멍하니 서 있었다. 왜냐하면, 조합원들이 갑자기 사라지고 아무도 없는 것이었다.

이런 ~.

그러기를 5분…. 갑자기 인덕구장(해방광장) 고수부지 위에서 군가소리 비슷한 함성이 들려오기 시작했다. 고개를 돌려보니 전체 700여 명의 대오가 줄을 맞추어 구보를 하고 돌아오는 중이었다. 밤새 몰아친 폭풍우를 견뎌내고, 새롭게 투쟁의 대오를 갖춘 영웅들이 돌아오고 있었다. 폭풍우에도 불구하고 오히려 200여 명이 늘어난 대오로 화답한 조합원들의 얼굴은 그 어느 때보다 빛나고 있었다.

새벽을 여는 노동자들의 깨끗한 눈빛들

그들의 그 건강한 아침 눈빛 속에서 우리는 승리할 수밖에 없는 필승의 결의를 보았다. 또 그 눈빛 속에서 우리는 대중들을 신뢰하지 못하고 걱정하며 투쟁의 수위를 낮추고자 했던 그 잘나 빠진 활동가들의 알량한 정세분석이 얼마나 쓸데기없는 것인가를 깨닫고 있었다. 대중으로부터 배우고 대중과 함께 투쟁하는 원칙을 다시 한 번 각인하는 좋은 계기였다.

이날의 구보 모습은 공영TV를 통해 방영되면서 자본과 권력에게는 두려움으로, 우리들에게는 새로운 희망과 뽀다구(폼이라는 사투리 — 지부장이 자주 사용해서 화물연대 조합원들에게는 공식 표준어가 됨)나는 투쟁으로 다가왔다.

8. 희한한 장사! — 없어서 못 판다!

이번 화물연대 투쟁에서 가장 큰 성과는 뭐니뭐니해도 조직력의 강화라고 할 수 있다. 첫째 날 파업대오는 300~400여 명 정도(도시락 숫자로 파악)였다.

그러나 하루가 지날수록 정말 거짓말 하나도 안 보태고 하루에 거의 100명씩 노동조합 가입자가 늘어났다. 문제는 투쟁조끼와 머리띠 그리고 띠자보(직사각형의 천에 구호를 담은 집회물품 — 수천 명이 노래에 맞춰 폈다 오무렸다하면 아주 뽀다구 남)였다. 연휴가 끼여 있어서 주문할 데도 없고 수량이 턱없이 부족하여 신규 조합원들에게는 나누어 줄 수가 없었다. 그러니 대오를 보면, 조끼와 머리띠, 띠자보를 다 갖춘 정규군에서 츄리닝 바지에 아무것도 없는 비정규군까지 정말 가관이었다. 복장에서부터 조합원들의 등급이 매겨져 있었다.

- 맹렬조합원 (5월 이전 조합 가입자) : 조끼 + 머리띠 + 띠자보
- 보통조합원 (5월 투쟁 초기 가입자) : 머리띠나 띠자보 착용
- 완전 신뻥이 조합원 : 아무것도 없는, 군번 없는 학도병과 비스무리함

이러다보니 조합원들 사이에서도 고참들의 군기잡기와 꽐세가 이만저만이 아니었다. 신참조합원들의 경우 어디 끼이지도 못해서 하루종일 텐트 주변에서 어슬렁거리기만 했다. 게중에는 안면이 있는 고참조합원을 찾아가서 말을 붙이며, 혹시 머리띠라도 빌릴 수 있으면 거의 한단계 업그레이드 되는 행운을 거머쥐는 것이었다. 신분상승의… 지름길!

검정색 선봉대 조끼 — 6월 11일 경찰 출두 모습

　문제는 선봉대였다. 복장이 일반조합원과 차이가 없어서 구분하는데 늘 애를 먹고 있었는데 5월 7일 선봉대 조끼 100벌이 도착했다.

　화물연대는 공짜가 없다. 선봉대 조끼를 2만 원에 판매했는데, 30분만에 동이 나버렸다. 정작 선봉대가 입어야 할 조끼를 다른 사람이 입는 경우도 있어서 싸움이 나고 난리법석이었다. 그런데, 이때부터 희한한 장사가 시작된 것이었다.

　선봉대원의 경우 2만 원을 주고 선봉대조끼를 구입하고 난 후 기존에 자기가 입고 있던 일반조끼를 판매하였는데 이게 프리미엄이 붙어 가지고 심지어는 5만 원을 호가하기도 했다.

　또 어떻게 팔렸는지 그 매매의 구체적 내용은 잘 모르겠지만, 서로 그 잉여조끼를 사겠다고 싸우는 모습은 아직까지도 잊을 수가 없다. 조끼는 투쟁의 상징이자 화물연대 조합원으로서의 긍지와 핵심조합원의 징표였으니까…

9. 12만 원짜리 스티커를 아십니까!

일반적으로 씨링이라 불리는 스티커(화물차에 붙이는 것)는 원가를 따지면 거의 1~2백 원 수준이다. 그러나 화물연대 스티커는 최소 12만 원이다. 황금으로 만든 것도 아닌데….

화물연대포항지부 스티커는 조합 가입을 해야 준다(총 세 종류로 차량 앞, 측면, 후면에 부착). 조합 가입을 하기 위해서는 우선 투쟁기금 10만 원, 구속자들을 위한 구제기금 2만 원, 합계 12만 원이 있어야 한다. 사실 어떻게 보면 큰 돈인데 서슴없이 돈을 내며 가입하는 조합원이 평균 하루 100명이었다. 하루 1,200만 원의 돈이 들어오는 셈이었다.

신규조합원들이 투쟁 현장에서 조합 가입을 하기 위해서는 우선 정문경비대에게 사실을 이야기하고 허락을 얻은 후 상황실로 오게 되는데, 일단 정문에서 한차례 검문을 받고(사실 고역이었을 테다. 곱지 않은 시선 등) 상황실에 와서 또 왜 이제야 나타났냐는 눈총 아닌 눈총을 받아야 했다. 그럼에도 만 원짜리 돈다발이나 수표를 들고와서 20~30명이 집단가입을 하게 되는 상황이 마지막날까지 진행되었다. 혼자서는 약간 무섭기도 하고, 낯설기도 해서 올 수가 없으니까 친구들까지 꼬드겨 오는 성싶었다.

한편 가입하고 나면, 꼭 스티커는 받아갔다. 돈으로 따지자면 무려 12만 원짜리이기도 했지만, 이 작은 표식이 곧 화물연대라는 시대적 흐름과 대세에 편입된다는 행운의 티켓에 다름 아니었기 때문이다.

그야말로 천국으로 가는 면죄부였다고나 할까. 더더욱 신규가입자들에게 이것은 절대 버릴 수 없는 신주단지 같은 거였다. 이 징표가 있어야 향후 추

풍령이나 화물휴게소에서 화물노동자들과 어울릴 수 있고(사람 대접받고) 화물연대라는 새 희망의 범주에 들어갈 수 있으니까….

민지네(http://minjine.net) 댓글 모음

질풍노도

(03-05-22, 11:44) 감질난다. 빨리 보고 싶어요. ^^
화물연대 노동자에 대한 수배조치 당장 해제하라!

성격교정

(03-05-22, 13:10) 집권하기 전에 문단에 등단부터 하시죠, 정말 실감나네요.

바탈

(03-05-22, 13:46) 허^걱
넘 재밌다. 태백산맥 보담 더 박진감 넘치는디^
역시^ 소한이다. 근디^ 지면상 넘 많이 생략되는 것이 쪼깨 아숩다.

황금비늘

(03-05-22, 14:54) 아아… 지면 넉넉하니까 맘껏 쓰세요….
글, 거 정말 스릴있다…. (회사에서 몰래 볼려니 진짜 스릴 있네…. 사진 나오는 부분은 스크
롤해서 퍼떡 위로 올리고 ㅋㅋ)

노동21

(03-05-22, 15:30) 답답하다.
책으로 빨리 출판해서 한 권 소포로 부쳐라. 소한작가 선생님 싸인해서~~

쫑아

(03-05-22, 17:36) 그거… 뭐더라? 90년도에 나온 건가? 현대중공업 골리앗투쟁 때 쓴 비
밀일기만큼이나 재밌네요. ㅎㅎㅎ

소한

(03-05-22, 20:40) 지금 막 경북청도군 이서중고등학교 교사들 부당해고 철회투쟁하는 곳
에 갔다가 이제서야 돌아왔습니다.
내일 4편은 좀 많이 쓸려고 계획중입니다. 열화(?)와 같은 팬들의 성원 덕택에 …. 많이 부
끄럽군요.
주위에서 함께 했던 분들이 많은 조언을 해주고, 빠진 이야기도 들려주고 있습니다. 참고해
서 좀 더 생생하게 많은 이야기들을 실을 수 있도록 하겠슴당!!!!!!
개봉박두 — 물류를 멈춰 자본의 세상을 멈춘 화물 싸나이들의 투쟁일기!!!

맑은물

(03-05-22, 22:19) 저도 팬이에요. ^_^

진보누리(http://jinbonuri.com) 댓글 모음

진중권

빨간색, 파 색 글자는 그냥 검정색으로 하는 게 훨씬 더 보기 좋을 것 같네요. 좋은 글인데 그 글자색 때문에 왠지 삐라 같은 느낌이 듭니다.

방랑야

몇 군데 오타 수정해서 퍼가겠습니다. 학보병 —〉학도병….

파란노트

빨강색, 노랑색, 어쩌구, 저쩌구 미싱은 잘도 돈다 도올아간다 ~~~
미싱을 멈춰서 세상을 바꾸자. 투쟁!

조그만 실천

진중권/ 원 필자의 글을 그대로 복사한 거라서….
제목의 파란 글씨는 제가 보기에도 좀 그래서 수정했습니다만
본문의 글자색은 원 필자의 의도를 존중하는 뜻에서 그냥 그대로 두었습니다.

바람

다시 읽어도 정말 흥미진진하구요. 너무나 가슴 뜨겁게 다가옵니다.

성격교정

이걸 드라마로 만들어서 티비에 방영합시다. 집권 먼저 해야 하나…

노동자

피묻은 깃발! 노동자 군대! 가자!! 노동해방!!

내생각

잘 읽었습니다. 헌데 가끔씩 튀어나오는 가벼운(?) 농글이 전체를 희화화하는 것 같아서… 엄숙합시다.

멍게

내생각/ 투쟁은 즐거운 것이어야 합니다. "마지막 중대장"의 김학철 씨의 말처럼 항상 엄숙하고 경직된 생각을 품고 굳은 표정으로 인상을 쓰고 일한다고 해서 싸움이 잘되는 것은 아닐 것입니다. 자본가 세상을 끝장내기 위한 기나긴 싸움 속에서 우리를 지탱하게 하는 것은 그 엄혹한 싸움의 와중에서도 서로 사랑하고 웃고 떠들고 장난치고 하는 낙관적 전망과 희망이 아닐까요? 포항에서 실제로 그랬던 것처럼 말입니다. 그것을 '혁명적 낙관주의'라고 하는 것이 아닐지.

10. 보수정당과 민주노동당의 차이!

포항 지역 화물연대 8일 간의 투쟁!

그 투쟁의 한복판에 언제나 민주노동당은 있었다.

민주노동당 경북도지부장(민주노총 경북본부장 겸임)을 비롯한 포항시남구 울릉군 지구당 위원장을 비롯한 전 당직자와 간부들이 수시로 화물연대 파업투쟁을 지원하기 위해 지구당 사무실을 아예 투쟁 상황실로 바꾸었고, 지구당 당직자들은 그 고달픈(하지만 행복했죠!) 발품을 마다하지 않았다.

그 투쟁의 한복판에 보수정당은 없었다.

지역구 국회의원을 비롯한 모든 놈들이 우리들의 투쟁을 호도하고 깨뜨리기 위해 언론과 지역여론을 망가뜨리고 있었고 국가 물류가 멈추는 단군이래 최대의 대란이라는 난리법석에도 그들은 포항이 아니라 서울 여의도에 있었다. 코빼기 한번 내비친 놈이 없었다. 아마도 화물노동자는 대한민국 국민이 아니거나 투표권이 없는가 보다.

개혁을 외치고, 참여를 외치던 민주당과 노빠들 역시 없었다.

역사와 민족을 운운하고 새로운 정치를 노래하던 유시민 계열의 개혁당은 아예 그림자조차 없었다. 그들은 더 이상 개혁의 주체가 아니라 개혁의 대상으로 전락해 가고 있었다.

민주노동당은 있었다.

화물연대 파업투쟁을 통해 지난 수십 년 간 노동자의 눈과 귀와 입을 가리

3월 22일 화물노동자 결의대회(포항)

고 막았던 보수의 장벽이 서서히 허물어지고 있었다. 노동자는 자신들의 투쟁을 통해 누가 암까마귀인지 수까마귀인지 몸으로 체득하고 경험했다.

이제 적어도 화물연대 포항투쟁에 참가했던 많은 조합원들은 자신들이 미래에 지지하고 선택해야 할 정당이 민주노동당(진보정당)임을 직감하였다. 5월 투쟁은 화물연대와 민주노동당 및 제 진보세력들이 하나되는 것으로부터 시작되었고 또, 마무리되었던 것이다.

그 하나됨에 바탈을 비롯한 지구당 김숙향 사무국장(도지부 부지부장 겸임)과 많은 당원 동지들의 애정어린 활동이 있었음은 두말할 나위가 없다. 특히 김숙향 동지(과거 민중당, 민정련 활동 그리고 2002년 지자체 선거 때 포항 연일2선거구에 출마한 이지경 동지의 부인)의 경우에는 이미 화물노동자들에게 있어서 영웅이 되어 있었다. 그 저간의 사정은 대개 이러하다!

김숙향(별명: 살인미소) 동지가 화물노동자의 영웅이 된 상황과 일지

당시 이날(토요일) 집회는 반전집회와 동시에 진행했는데, 이 집회에서 살인미소가 반전결의문을 읽게 되었다. 이때 화물연대 포항지부 보도1차장(다리를 다쳐 깁스한 채로 5월 화물투쟁 동영상을 편집했다)은 살인미소의 모습과 목소리(?)에 주목하고 있었다.

김숙향 동지의 낭송은 어느 라디오 MC의 목소리보다 간절한 호소로 앞만 보고 달려 온 화물노동자들의 심금을 울렸다

이후 보도1차장의 집요한 요청과 공작으로 김숙향 동지는 4월 20일경에 4월 30일 세계노동절 전야제에서 방영될 화물노동자 투쟁 영상의 나레이터를 맡게 되었다.

그 긴장되고 항상 촉촉한 눈물이 깃들었음직한 목소리에(지극히 선동적인 음성) 감동한 수만 명의 비정규노동자가 전야제가 열린 고려대 노천극장에서 울어버렸다는 것 아닙니까? 4월 30일 고려대 노천극장은 한마디로 눈물과 감동의 도가니가 되었다.

한편 살인미소의 형부가 바로 그 자랑스러운 화물노동자였다. 5월 1일 서울 대학로에서 시작해 행진을 하다가 서울시청 앞 광장에 다달았을 즈음 화물연대 전체 대오와 조우하게 되었는데, 그때 화물연대 대오 속에 있던 살인미소의 형부가 처제를 발견하고는 부끄러운 줄도 모르고 주위 동료들에게 자랑을 했다.

"우리 처제데이~. 어젯밤에 화물연대 투쟁기록 방송하던 목소리 주인공

54

제 113주년 세계 노동절대회 (붉은띠자보 대오가 화물연대)

아이가~."

그 소리에 주변의 화물노동자들이 박수를 보내고, 또 악수를 청하는 동안 살인미소의 형부 어깨가 63빌딩보다 더 높이 올라가는 것을 우리는 목도했다.

5월 2일 포항 파업 현장에서 첫 집회를 할 때 홍보차장이 민주노총의 간부들을 제쳐놓고 민주노동당의 살인미소를 먼저 등단시켜 소개하는 것을 보면서 약간의 야속함(?)도 느꼈지만, 그래도 기분은 무지무지하게 좋았다. 이미 화물노동자들에게 살인미소는 영웅이 되어 있었던 것이다. 살인미소가 트레일러 무대 위에 올라갔을 때, 우레와 같은 박수와 연호는 기본이었다.

이제 화물연대 노동자들은 4월 30일의 그 짜아 ~ㄴ 했던 목소리의 주인공을 두 눈으로 확인하면서, 목소리에 대한 경의를 넘어 살인미소 실물에 대한 경의를 가지게 되었다. 게다가 4월 30일 서울 상경투쟁 전야제에서 방영되었던 그 영상을 농성장 임시 무대(죽도시장에서 광목을 떠서 두 겹으로 스크린을 만들고, 빔프로젝트로 쏘아서 만든 임시극장)에서 재방영하면서 다시 한 번 서울

제113주년 세계 노동절 전야제 당시 화물연대 동지들의 대오는 전 노동계급에게 감격 그 자체였다(고려대 노천극장)

에서의 그 감동을 맛보았다. 그 관람장에는 화물연대 동지들과, 살인미소, 그리고 민주노동당과 민주노총의 간부들이 숨죽여 보고 있었다. 영웅의 목소리를 들으며….

여하튼 5월 그 화려했던 모든 휴가와 일정을 반납한 채 하루쫑일 지구당(상황실)에서 또 파업투쟁 현장에서 조합원들을 격려하고, 뒤치다꺼리하고, 또 늦은 새벽까지 상황을 점검하고, 내일의 투쟁을 대비하던 진보정치의 동지들. 다시 한 번 이 자리를 빌어 함께 하였던 민주노동당과 여타 동지들에게 경의를 표한다. 진보정당은 화물노동자들에게 더 이상 2인칭이 아니라 1인칭이 되었다.

이 글을 적고 있는데(5월 19일 당시) 방금 화물연대 간부들이 투쟁 마무리를 하고 인사차 민주노총에 들렀다(체포영장 발부되기 1시간 전). 이 자리에는 지구당 김숙향 사무국장도 함께 있다. 그래서 필자가 다시 한 번 민주노동당과 화물연대와의 밀약(?)을 확인해 보았다.

필자 : 화물연대 포항지부 전체 간부, 민주노동당 가입 확실합니까?

56

화물연대 지부장 : 간부회의 때 전부 가입하께요, 기름쟁이는 한다 카면 한다 카이~.

필자 : 우째 믿는교? 개별 가입은 부도니까 아예 전체 간부들 인명부하고 계좌번호 일괄 당으로 주시오. 간부들한테는 당 가입 통보만 하시고. 우리가 통째로 가입하게 안그라믄 부도라 카이~ 됐는교?

화물연대 지부장 : OK !!!

이제 화물연대 동지들은 민주노총과 민주노동당이 팥으로 메주를 쑨다고 해도 정말 믿는다.

11. 포항 인덕구장이 해방광장으로 개명된 사연

해방이 무엇인가? 압제와 억압으로부터 벗어나는 것이 아니던가? 화물연대 투쟁대오는 포항 인덕구장에서 8일 간을 야수처럼 그렇게 머물렀다.

한 3일쯤 지났을 때인가? 필자가 사회를 보고 있는데, 뭔가 머리를 스치고 지나가는 영상이 있어서 입을 통해 쏟아버렸다.

소한　: 우리는 지금 우리를 짓누르고 있는 자본과 권력의 온갖 탄압과 화물악
　　　　법으로부터 해방되고 있으며, 위대한 노동자로 거듭나고 있습니다. 우
　　　　리는 해방의 기쁨을 맞보고 있습니다. 그러므로 우리가 두발 딛고 서
　　　　있는 이곳은 더 이상 축구나 하는 인덕구장이 아니라 노동자 해방을
　　　　여는 해방광장입니다. 맞습니까? 동지 여러분!

조합원: 예~~~~

소한　: 그러면 우리 다같이 해방광장이라고 한 번 크게 외쳐 봅시다!

소한　: 해~

조합원: 해~

소한　: 방~

조합원: 방~

소한　: 광~

조합원: 광~

소한　: 장~

조합원: 장~

소한   : 해방~

조합원 : 해방~

소한   : 광장~

조합원 : 광장~

소한   : 해방광장~

조합원 : 해방광장~

소한   : 이제 우리에게 더 이상 인덕구장은 없습니다. 오직 해방광장만이 있을
         뿐입니다. 제가 이참에 아예 등기소에 해방광장이라고 콱 도장 찍어
         등기이전할 생각입니다.

조합원 : 환호와 박수~~~

이때부터 우리는 황량하기만 했던 인덕구장을 해방광장이라고 불렀고, 그
에 대해서 토를 다는 사람은 아무도 없었다.

포항에 인덕구장은 없다!

그 빛나는 해방광장만이 있을 뿐이다.

12. '사람이 태어나…'의 가사는 수정되어야 한다!

故 박상준 동지의 미망인과 아들. 6월 10일 조합원들이 모은 성금 1,000여 만 원을 전달했다

'사람이 태어나서 세 번을 운다지만 노동자는 오직 한 번 해방을 위해 운다'라는 노동가요의 내용은 이제 바뀌어야 한다. 우리는 지난 8일 간의 투쟁 속에서 너무나 많이 울어(홀쩍거리는 것은 아예 빼고 줄줄 우는 것만)버렸기 때문이다.

[처음 줄줄]

5월 5일 포스코 3문 앞에서의 대항쟁 당시 고교동창인 화물연대 조합원이 다가와서 꼬마 아이를 소개시켜 주었다. 처음에 나는 친구의 아들인 줄 알고 번쩍 안아주었는데, 친구 왈,

"며칠 전에 죽은 박상준 아들래미 아이가."

나는 뒤통수를 얻어맞은 줄 알았다.

그 꼬마녀석을 보고 있자니 천지를 모르고 좋아서 히죽히죽거린다. 나는 내 감정을 내 스스로 통제할 겨를도 없이 그냥 울어버리고 말았다. 자신의 아버지가 이 절망적인 화물노동자의 삶을 견디다 못해 음독자살했다는 사실도 모른 채 그냥 어린이날이라서 좋은가 보다. 손에는 사탕이 들려 있고….

5월 9일 조합원 총투표장 정경

그 꼬마의 얼굴 위로 필자의 사랑하는 딸의 얼굴도 오버랩되고…. 한참을 소리 없이, 주책도 없이 울고 있을 때 화물연대 보도2차장이 열심히 디지털 캠코더를 내 얼굴에 대고 돌려대고 있었다.

그제서야 나는 눈물을 멈추고 故 박상준 동지의 아이를 내려 놓았다.

[다음 줄줄]

5월 9일 잠정합의안에 대한 조합원 총투표를 실시하고 난 이후 개표가 막 시작되고 있었다. 장소가 열려 있는 공간이라서 투개표가 정말 만만치가 않았다. 투표하는 데만 한 시간 정도가 소요되었다.

개표는 김병일 민주노총 경북 본부장과 살인미소(지구당 사무국장), 동양석판 위원장, 박경렬 지구당 위원장, 민주노총 포항시협의회 수석부의장 겸 건설노조위원장 등 5명이 진행했다.

나는 당시 사회를 보고 있었는데, 노래패도, 풍물패도 아무런 문화시스템도 없는 상황에서 순전히 이빨로만 두드려서 2시간을 때워야 하는 상황이었다. 그 와중에도 무대 뒷편에서 진행되는 개표 상황을 잠시 잠시 슬쩍 슬쩍 훔쳐보았다. 시간이 지날수록 찬성이 약간 많은 듯 보였다. 순간 지난 8일 동안의 모든 상황들이 정말 거짓말 안 보태고 단 몇 초만에 활동사진의 필름처럼 좌~악 지나갔다.

전국의 기자들 수십명이 대오 외곽에서 플래시를 터뜨리고 있었고, 전 간부들은 대오 앞에 부동자세로 정렬해 있고, 오직 들리는 것은 필자 스스로가 외치는 선동뿐이었다.

포항에 온 지 10년!

게으름과 나태함으로 점점 더 관성의 늪으로 빠져들던 자칭 활동가인 나와 우리 모두를 다시 한 번 튼튼하게 전선에 서게 해준 자랑스런 화물노동자들의 이글거리는 눈빛을 마주하며, 우리의 투쟁을 끝까지 지켜주며, 그 애절한 눈빛으로 바라보고 있던 故 박상준 동지의 삶을 이야기하고, 살아남아 이 험한 세상에 버려진 그 아들과 딸에게 부끄럽지 않은 화물노동자가 되자는 약속을 선동하면서 나는 그만 목이 메이고 말았다.

이미 목 속의 혈관이 터져 피가 솟구치고, 목소리는 갈라진 채 꺼어억 꺼어억 쇳소리를 담은 그 목소리의 선동은 중단되었다. 나는 주체할 수 없는 눈물을 쏟아버렸다.

이제 그 노동가의 가사는 이렇게 바뀌어야 한다.

"사람이 태어나서 세 번을 운다지만 노동자는 아주 많이 해방을 위해 운다~"

민지네(http://minjine.net) 댓글 모음

황금비늘
(03-05-23, 12:21) T.T 아어 감질나…. 사진도 안 나오구….
소한님 어여어여… 퍼떡퍼떡….

환한세상
(03-05-23, 12:28) 소한님이 전해주시는 그 생생함이 참 좋습니다.
금방 올려주실거죠…. ㅎㅎ

노동21
(03-05-23, 12:47) 소한/그래도 사진은 안 나옵니다. 그리고 부탁합니다. 조회수는 낮지만 추천수는 높은 진보누리에도 본인이 직접 좀 게시해 주십시오. (진보누리쟁토방에 고만 퍼 나른다니까 새롬이가 퍼 날러달라고 부탁해서 중간에 있는 제가 다 힘들군요…) 안 그러면 나 탈당한다…. ㅋㅋㅋ

질풍노도
(03-05-23, 12:59) '민주노동당은 있었다.'
'포항에 인덕구장은 없다. 그 빛나는 해방광장만이 있을 뿐이다.'
'노동자는 해방을 위해 많은 눈물을 흘린다.'

소한님 화이팅!!!
떠나간 임을 기다리는 심정으로 연재를 애타게 기다리고 있습니다. ^^
(사진 보고 싶어요.ㅠㅠ)

바탈
(03-05-23, 13:06) 인기 쨍!
팥쥐아지메(살인미소)를 민주노동당 총선후보로 추대합니다.
조건 : 콩쥐를 괴롭히지 않겠다는 서약을 받으면 좋겠는디 ^^

소한
(03-05-23, 13:16) 사진 새로 편집해서 다른 서버에 올려서 링크 걸어 올렸습니다.
이제 사진 잘 나오죠!!!
그리고 잘 될지는 모르겠지만, 나중에 자료가 다 정리되면, 사진 구하고, 또 정확한 교섭일지 등을 첨부해서, 물론 평가도 약간 실어서 소책자로 만들어 볼까 구상중입니다.
너무 꿈이 크죠!!!!

쫑아

(03-05-23, 13:27) 소한님 책으로 내세요. 너무 너무 생생하고 재밌어요. 감동적이고요.
이 글도 추천 누릅니다. 꽉~~~

아키라

(03-05-23, 13:36) 소한님 인기짱~~~ ^^b 글쓰느라고 고생 많으실 듯…. ^^a
조금만 더 힘내세용…. 많은 분들이 소한님의 글을 고대하고 있습니다. ^^)/
현재까지, 연이은 글들이 모두 하이라이트에 오르는 기염을 토하고 계십니다.
이대로 간다면 전편 모두 하이라이트에 오르는 신기록을 작성하실 듯… ^^a
소한님 홧팅~~~

소한

(03-05-23, 13:59) 사실 솔직히 기분 억수로 좋네요.
한편, 겁도 약간 나구요~.
하지만, 열심히 당시의 생생함을 민지네 식구들과 나눌 수 있도록 노력하겠습니다.
주위 분들의 격려가 넘 고맙고, 또 당시 함께 했던 동지들이 새삼 소중하고 고맙게 느껴집니
다. 수배중인 동지들도 보고 싶고…. 저 이러다가 또 울겠습니다.

참조아

(03-05-23, 14:05) 읽고 또 읽고…. ㅠㅠ

맑은물

(03-05-23, 18:31) 만일, 소한님의 글이 없었다면… 이 글을 읽어보지 못하고…
화물연대 투쟁을 겉모습만 보고 지났더라면… 휴우….
정말 고맙습니다.
화물연대 노동자분들 물론 수고하셨지만, 소한님 정말 고맙습니다. ^^

신현정

(03-05-24, 11:54) 5편 읽어야 하는데 친구 결혼식에 피아노를 쳐줘야 해서, 인류지대사를
망칠 수도 없고 안 읽을 수도 없고….
이런 갈등에 빠지게 한 소한님은 각성하라!!!
결혼식 끝나면 빨리 읽어봐야지.

배부른 포스코와 정치권력 그 맞은편에는 배고픈 대다수 노동자와 시민들이 있다

13. 포스코의 항복 일지

단군 이래 우리 민족은 수많은 외적의 침입을 받아왔다. 그러나 가장 치욕스러운 외침 중의 하나가 바로 한일합방이었다.

박정희 군사독재 정권은 굴욕적 한일회담의 떡고물로, 일제 강점 36년 간에 대한 보상으로 받은 피 어린 돈으로 이곳 영일만에 포항제철을 만들었다. 포스코는 바로 우리 할아버지 할머니가 죽고 잡혀가고 유린당한 치욕의 댓가를 가지고 만든 민족기업이다. 그러므로 포스코의 모든 이익과 잉여금은 바로 민족 전체를 위해, 또 일반 민중을 위해 사용되어야 한다.

그러나 실상은 전혀 그렇지 않다. 정권이 바뀔 때마다 포스코가 정권에게

엄청난 정치자금줄이 되고 있음은 삼척동자도 다 알고 있다. 어디 그뿐인가?

포스코에는 현재 약 4만여 명의 노동자들이 직간접적으로 일하고 있다. 15,000여 명의 포스코 직원, 2만여 명의 포스코 자회사, 협력회사 직원들. 그리고 5,000여 명의 일용직 노동자들. 포스코 직원을 제외한 대다수의 노동자들은 한마디로 착취의 수레바퀴 속에서 끊임없이 돌고 있는 다람쥐 신세로 전락해 있다. 비단 경제적 부의 분배에서 뿐만 아니라 포스코는 모든 면에 있어서 안하무인이었다. 이제까지 지역 환경문제든, 노사문제든 한 번도 상식적으로 대응한 적이 없는 세계 최일류의 세계 최고 비상식 기업이었다.

포항지역에서 민주노조 운동의 종국적인 목표는 아마도 저 거대한 흡혈의 공장 포스코에 민주노조의 깃발을 꽂는 것이리라!

현재 어용 포철노조는 15,000여 직원 중 19명만이 조합원으로 가입해 있다. 기가 막힌다! 그러나 우리는 이번 화물연대 투쟁을 통해서 저 거대한 포스코도 굴복시킬 수 있다는 가능성을 보았고, 또 그렇게 했다!

서울 상경 메이데이 투쟁을 마치고 돌아오자마자 화물연대 포항지부 동지들은 5월 2일 곧바로 파업에 들어갔고, 이에 놀란 자본은 우리들과의 교섭을 요구해 왔다. 우리는 이에 5월 3일부터 교섭과 투쟁, 대화와 대결, 강온 양면 전략으로 나락으로 떨어져 있는 화물연대 조합원들의 생존권을 끌어올리기 위해 치열한 전투를 감행했다.

화물노동자들이 어떻게 포스코의 저 오만한 콧대를 뭉개버렸는지 당시의 교섭 진행 상황일지를 한번 살펴보자! 이 교섭 진행 상황은 당시 교섭에 처음부터 끝까지 참가했던 민주노총 경북본부포항시협의회 교선부장(김용식 동지)이 정리한 내용이다.

교섭진행상황 1

5/3 교섭요구안 전달 (포스코, INI steel, 동국제강, 세아제강, 동방, 천일, 삼일, 대한통운, 한진, 한국시멘트, 쌍용시멘트, 동양시멘트)
5/4 10:00 교섭을 위한 실무회의 (동방, 천일, 삼일, 대한통운, 한진 등 포스코 관련 5개 운송사)
5/5 10:00 1차 교섭 (동방, 천일, 삼일, 대한통운, 한진, 삼안 6개 운송사)
⇨ 화주업계 불참 및 포스코의 경찰병력 동원 등과 관련 문제제기 후 교섭결렬 선언
5/6 11:00 2차 교섭 (운송 9개사 교섭 참가)
⇨ 일단 철강관련 9개 운송사와 교섭을 진행하되, 화주업계 참가 문제는 지속제기키로 하였으며, 원활한 교섭 위해 B.C.T는 별도 진행키로 함.

***참고** : 화주업계 — 포스코 등 발주업체, 운송업계 — 발주를 받아서 운송하는 업체

5월 6일 화물연대 교섭과는 별도로 INI steel과 금속노조 INI steel지회와의 2003년 임단협 교섭이 있었는데, 교섭 석상에서 우연히 화물연대 파업에

대한 이야기가 오고갔는데 INI steel 사측 교섭위원들이 비장한 표정을 지으며, 끝까지 한번 갈 때까지 가겠다는 망발을 서슴치 않았다. 그날 오전 포스코에서 긴급 화주업계 회의가 있었는데, 그때부터 모종의 음모가 시작되었던 것으로 보였다. 포스코를 비롯한 화주업계가 모여서 화물연대 파업에 대해 절대 밀리지 말고 강공 대응을 할 것을 약속하고 방침을 정했던 것이다. 화물연대를 공권력으로라도 완전히 깨버리겠다는 더러운 의도를 적나라하게 드러낸 것이다.

5월 3일까지만 해도 INI steel과 동국제강의 경우(화주업체)에는 죽을 상을 해가지고는 INI steel 노동조합 간부들을 통해 제발 야적장에 있는 물건이라도 고로*에 넣을 수 있게 교통 통제를 풀어달라고 애걸복걸하던 놈들이 갑자기 태도가 돌변해서 끝까지 맞고 하겠다는 것이다. 자본이 단결하기 시작한 것이었다.

이미 INI steel의 경우에는 4개 전기로 중에 하나가 꺼졌고 조만간 2개가 더 꺼질 것으로 예상되었는데도 그들은 도발을 준비하고 있었던 것이다. 공장을 세우는 한이 있더라도 화물연대의 씨를 말리겠다는 자본의 추악한 음모가 드러나는 순간이었다.

개새끼들!

당시 상황실의 자본과 권력에 대한 정세분석과 판단은 다음과 같았다.

포스코의 경우 유상부 회장이 낙마하고 난 뒤, 이번 화물연대 파업투쟁을 빌미로 삼아 당시 언론에서 친노동정책(노무현의 노동정책이 친노동정책이면,

---

***고로** 철광석으로부터 무쇠를 추출해낼 때 쓰는 높은 원통형의 불을 담아놓는 장치. 용광로의 일종. 고로는 1년 열두 달 불을 꺼트릴 수 없는데, 한번 꺼트리면 쇳물이 굳어 엄청난 규모의 기초 설비들을 교체해야 한다.

날아가는 똥파리도 천연기념물이다. 18~)을 펴는 것으로 비판당하면서 코너에 몰려 있던 청와대를 더욱 몰아부쳐 공권력을 투입할 수밖에 없도록 만들어서 결국 우리 화물연대 투쟁을 초토화시키겠다는 의도를 가지고 있는 것으로 파악했다.

사실 그러한 징후는 경찰, 여러 곳에서의 마찰과 대립, 각종 제보 등에서 충분히 파악되었다. 그리고 또 초기의 언론의 방향도 그런 식으로 정부를 압박하고 있었다. 특히 YTN, 좆선일보를 비롯한 가운데일보, 똥아일보 등.

이런 정세분석을 한 축으로 읽고 있었기에 우리는 과감한 언론플레이를 시작했다. 투쟁이 터지고 가장 늦게(?) 결합한 한겨레와 오마이뉴스 기자들에게 우리들의 분석 방향에 대해 많이 강조하고, 또 그렇게 언론의 보도 방향이 잡혀지게 되면서, 우리는 오히려 청와대와 포스코의 대립을 확대 재생산시켜 나갔다.

사실 이날 저녁까지만 해도 포스코는 끄떡도, 미동도 하지 않는 태산처럼 느껴졌다. 그러나 태산도 움직일 수 있다는 믿음이 우리에게는 있었다. 그 믿음은 화물노동자들의 투쟁이 얼마나 뜨끈뜨끈한가를 온몸으로 느끼고 있었기에 가능했다.

교섭진행상황 2

5/7 11:00 3차 교섭 (포스코, INI steel, 동국제강, 세아제강, 동방, 천일, 삼일, 대한통운, 한진, 동국통운, 삼안, 성우, 로얄상운)
⇨ 화주 4사 : 다단계알선 폐지, 화물연대 활동보장 및 조합원임을 이유로 불이익 금지, 성실교섭 및 합의사항 준수 등의 입장발표하고 이후에는 9개 운송사와 교섭하기로 함.
⇨ 14:00 기자회견

노동자들의 정당한 단결은 자본의 어떤 책략도 넘어선다

한판 해보자던 포스코를 비롯한 화주업체 4곳이 급기야 무릎을 꿇고, 교섭 석상에 나타났다. 밤새 포스코와 청와대의 힘겨루기가 있었던 것 같았다. 뿐만 아니라 더 이상 힘으로 화물연대를 막으려 하다가는 더 큰 사태로 확산될 것 같다는 위기감을 느꼈던 것 같았다.

포스코를 비롯한 화주 4사는 다단계알선 폐지, 화물연대 활동보장 및 조합원이라는 이유로 불이익 금지, 성실 교섭 및 합의사항 준수라는 큰 틀의 교섭 내용에 도장을 찍고 말았다. 우리나라 최고의 자본가들이 화물연대 앞에 무릎을 꿇는 순간이었다.

그러나 이후에도 포스코를 중심으로 한 자본은 끊임없이 발악을 해댔다.

그 발악의 내용을 한번 보자!

30% 인상을 요구했는데, 돌아온 자본의 답변은 2% 인상이었다. 운송업체
는 철저하게 포스코와 짜고치는 고스톱 패를 돌리며 우리를 기만하고 있었
다. 5월 8일 9시 정각, 파업 총회 7일차 집회에서 필자가 사회를 보면서, 자
본이 내놓은 2% 인상안을 설명하자마자 대오 속에서는 그대로 욕설이 튀어
나왔다. 가장 원초적인 욕인 개새끼에서부터 씨팔놈들에 이르기까지…. 불
난 곳에 기름을 부은 격이었다. 화물노동자들의 분노는 이제 걷잡을 수 없게
되었다.

지도부에서는 차량투쟁 실천지침 1호(진돗개 하나)를 준비하라는 명령을
내렸다. 지도부의 지침에 의거해서 800여 명의 조합원들이 600여 대의 차량
에 조별로 분승하기 시작했다. 점심도 거른 채….

포항시내와 주변에 배치되어 있던 거대한 화물자동차 600대가 동시에 시
커먼 연기를 뿜어대기 시작했다. 며칠 동안 제 힘을 잊고 있었던 차량들이
질주 본능을 서서히 드러내고 있었다. 포항지역 전체를 5개 조로 나누어서
산개해 준비하고 있다가 준법운행을 해 나간다는 전술이었다.

그런데도 교섭은 지지부진했다. 저놈의 돌대가리 자본가들은 똥인지 된장
인지 꼭 찍어먹어 봐야 맛을 아는 모양이었다. 지도부는 14:00 정각을 기해
성난 진돗개들을 풀어 버렸다.

공단도로를 완전히 막아버린 차량행렬

　거대한 굉음을 울리면서 1차 150대의 트레일러와 25톤 카고 트럭이 서서히 포항을 향해 진입해 들어왔다. 다시 한 번 화물연대의 깃발이 나부끼며, 세상이 해방되는 순간이었다. 포항이 완전히 멈추어 서 버렸다. 포항공단은 적어도 몇 시간 동안 바퀴가 아니라 인간의 두 다리로 이동해야만 했다.

　자본가는 아연실색했다. 언론사는 급하게 우리들에게 휴대폰으로 긴급 SOS 인터뷰를 요청했다.

　상황실은 이 해방의 순간을 음미하고 있었다. 아주 천천히….

　매연을 뿜어대는 저 괴물 같은 대형차의 엔진소리가 얼마나 우리들의 가슴을 후벼팠던가? 몸 속에 있는 수천 개의 혈관을 팽팽하게 긴장하게 하고, 인간이 만들어낸 그 어떤 소리보다 아름다운 해방의 굉음이 하늘을 덮고 달팽이관을 거쳐 고막을 때렸던 그 순간을 나는 아직도 잊을 수 없다.

　당시 지도부 침탈을 염려했던 상황실에서는 지도부와 지도부 보위를 위한 선봉대를 배치하여 민주노총 사무실 주변에 은신시키고 있었는데, 마침 그

건물 앞으로 해방의 트럭 150여대가 시속 20km로 서서히 지나가고 있었다.

우리는 환호와 만세를 불렀다. 마치 2002년 월드컵에서의 히딩크처럼 폼을 잡으면서….

우리는 도저히 그냥 있을 수가 없어서 건물에서 내려와서 차량 있는 곳으로 달려갔다. 화물연대의 띠자보를 쫙 펴서 길가에 도열해 섰다. 띠자보의 글씨는 당당히 빛나고 있었다.

"물류를 멈춰 세상을 바꾸자!"

이날 1차 차량 준법투쟁이 끝나고 난 후 자본은 12.5%를 제시했다. 자본은 그날 내내 노동에 대한 두려움과 치욕에 파묻혀 떨고 있었다.

한편, 차량 준법 투쟁을 성공적으로 끝낸 조합원들의 표정은 정말 엄청났다. 어쩌면 그리도 환하고 밝을 수가 있단 말인가? 입은 찢어져서 전부 귀에 걸려 있고…. 군데군데 천막에서는 무용담에 취해 목청을 높여가고…. 물고기가 물을 만났다고나 할까? 하루에도 수백 km를 날라다니는 운짱들에게 5~6일 정도를 운전 못하게 하고, 투쟁한답시고 천막에 가두어 놓았으니 그들에게는 감옥이 따로 없었다. 그런 그들에게 자신의 수족과도 같은 차량을 몰면서 투쟁을 하게 하니 이건 완전히 한 명 한 명이 그리스신화에 나오는 날개 달린 백마, 페가수스를 탄 헤라클레스들이었다.

투쟁을 마치고 저녁 늦게 배식을 받기 위해 줄을 서 있는 나이 지긋이 든 그 영웅들의 모습을 해방광장에 서서 저녁노을을 배경으로 바라볼 수 있다는 게 어떤 영광이었는지 사람들은 모를 것이다.

그날 저녁 우리는 다시 스크린을 올려서 기분 좋은 비디오 한 편을 동지들과 어깨 걸고 감상하면서 연인과도 바꾸지 못할 사랑의 감정을 나눠 가졌다.

그대는 포스코의 야경이 눈부신가. 나는 그 야경에 파묻힌 노동자들의 피와 땀이 눈부시다

포항 송도나 북부해수욕장이 있는 바닷가에서 사랑을 속삭이는 연인들의 눈에는 포스코가 휘황찬란하게 비칠지도 모른다. 그러나 우리 노동자들은 포스코의 불빛을 분노의 이를 갈면서 쳐다본다. 그날 밤 화물노동자들의 분노가 그 포스코의 휘황찬란한 불빛을 끄고 있었다! 물류를 멈추자 세상이 조용해졌다. 고요함에서 우리는 다른 세상에 대한 꿈을 꾸기 시작했다.

민지네(http://minjine.net) 댓글 모음

맑은물
(03—05—23, 18:55) 진실이 있는데, 우린 왜 답답한 티비뉴스에 열받아 했을까?

질풍노도
(03—05—24, 03:37) 화물연대의 깃발이 나부끼는 순간, 세상은 해방을 맞이하고 있었다.
다가올 투쟁을 기다리며…

14. 굉음! — 해방을 향한 진군

5월 5일 어린이날 포스코 3문 앞에서 진행된 전면봉쇄투쟁은 화물연대 투쟁을 전국적 대투쟁으로 밀고 가는 도화선이 되었고, 이러한 투쟁 소식들은 최첨단 통신기기인 TRS와 휴대폰을 통해 전국 화물연대 조합원들에게 순식간에 전파되었다.

당시 포항지역 화물연대 투쟁은 포항이라는 제한된 공간을 넘어서 전국적으로 확산되고 있었으며, 포항지역 파업투쟁의 대오에는 부산, 충청, 대구경북, 경주, 영천, 양산 등을 비롯한 영남지역 동지들이 조직적으로 결합되어 있었다.

그 가운데서도 가장 감동적이었던 연대의 한 순간을 소개하고자 한다.

5월 7일!

포항지역 화물투쟁이 중반을 넘어 고비를 맞이하고 있을 때, 그 고비를 돌파하기 위한 지도부와 화물조합원들의 투쟁은 정말 처절한 몸부림 그 자체였다. 하루 24시간을 빡빡한 일정에 맞춰 교대근무를 서고 있던 조합원들의 몸과 마음이 서서히 지쳐가고 있을 즈음이었다.

화물조합원들은 하루에 최소 세 번에서 네 번(포항지역 주요 통행 13군데 지점) 근무를 서야 했다. 또 냉기와 습기가 한정없이 올라오는 천막에서 새우잠을 5일 이상 자야 했으니 정말 몸과 마음들이 말이 아니었다.

그러던 5월 7일 오전 10시 경 울산지부 동지들의 TRS가 요란하게 울려댔다.

"지부장님! 우리는 우짭니까? 지금 포항으로 출동하까요~ 마까요?"

"볼 끼 있나? 전체 대오 정비해서 포항으로 진격해 뿌라."

포항의 투쟁상황을 TRS를 통해 알고 있던 울산지부의 소속 화물조합원들이 이 투쟁에 동참하기 위해 포항으로 진격투쟁을 감행한 것이었다.

이 날 애초에 파악하기로는 트레일러 70대라고 알고 있었는데, 나중에 알고 보니 무려 80대가 넘었다.

한번 상상해 보라!

보통 승용차 80대가 늘어서서 국도로 진입한다 해도 그 장면은 엄청날 텐데, 무려 트레일러(한 대당 십수 미터 또는 20미터가 족히 넘는 길이) 80대가 모여서 오니 그것은 엄청난 것이었다. 그날 포항경찰은 난리가 났고, 언론 역시 이 상황을 파악하고 보도하느라 야단법석이었다.

그런데 문제는 아침에 출발한 차량 행렬이 아무리 기다려도 오지 않고 있는 것이었다. 오후부터는 슬금슬금 그 지랄 같은 봄비가 뿌려대더니, 급기야는 바닷가에서 불어닥치는 샛바람이 자신의 위세라도 과시하려는 양 정말 발광을 했다. 임시 식당을 위해 무대 주변에 묶어 두었던 비닐천막이 찢어지고, 정말 난리가 따로 없었다.

포항투쟁 대오는 으슬으슬 엄습해 오는 한기와 외로움에 약간씩 그 힘겨움을 간간히 토해내고 있었다. 우리의 가슴을 따뜻하게 적셔줄 그 무엇인가가 절실히 필요한 때였다.

빗물과 함께 섞인 국밥 한 그릇을 비우고 있을 때였다. TRS가 다시 한 번 진동했다.

울산지역 동지들 80여 명이 그 당당한 트레일러를 앞세우고 포항시내로 진입하고 있으며, 이로 인해 포항 공단 전역의 도로가 이미 마비되었다는 것

우리도 이렇게 줄맞춰 가고 싶은 동지의 길이 있다

이었다. 울산동지들이 포항으로 진격하는 동안 울산, 경주, 포항의 주요 국도가 차례차례 막혔던 것은 두말할 나위가 없었다.

조합원들에게 그 기쁜 소식을 전하기 위해 나는 다시 한 번 무대 위로 우의를 걸치고 튀어 올라갔다. 전선에 서 본 사람만이 안다. 한 사람의 동지만 해도 얼마나 소중한지.

"사랑하는 동지 여러분! 역사적인 투쟁! 세상을 바꾸는 투쟁! 이 지긋지긋한 노예와 굴종의 삶을 뒤엎어버리기 위한 화물연대 투쟁을 지원, 엄호하기 위해 울산지역 동지들이 비바람을 뚫고 우리들의 품안으로 달려오고 있다고 합니다. 뜨거운 연대의 박수 한 번 부탁드리겠습니다!"

찬바람 불던 해방광장이 화물노동자들이 굳은살 박인 억센 손으로 두들겨대는 큰 박수소리로 흔들리고 있었다.

다시 1시간이 흐르고, 울산의 선도차량이 쌍라이트를 켜고, 굉음을 울리면서 포스코 3문을 지나 해방광장을 향해 서서히 미끄러져 들어오고 있을 때 우리는 모두 일어서서 박수를 치고 있었다. 쏟아지는 빗물과 함께 뜨거운 동지애에 감동받은 싸나이들의 찡한 눈물이 퀭한 눈 속에서 하염없이 쏟아져 내리고 있었다.

마침내 해방광장은 생기가 돌면서 바쁘게 돌아갔다.

우선 울산동지들을 대접(?)하기 위해 식당조 동지들의 손과 발놀림이 더욱 바빠졌고, 국솥과 밥솥에서는 피시식 피시식 요란한 수증기 소리를 내면서 따뜻한 밥과 국이 익어갔다.

울산동지들 역시 비를 맞으며, 사랑하는 동지가 해주는 밥을, 또 다른 동지에게 건네주며 후루룩 후루룩 주린 배를 채워 나갔다. 해방광장을 짓누르고 있던 어둑어둑한 어스름 사이에서 번쩍이던 동지들의 안광은 또 하나의 승리를 가능케 해줄 바로 그것, 뜨거운 동지애였다.

그런데, 문제는 밥뿐만 아니라 잠잘 수 있는 공간이 없다는 것이었다. 하루하루 100명 이상의 조합원들이 늘어나서 더 이상 천막과 텐트로는 도저히 울산동지 80명을 수용하기가 불가능해져 있었다.

상황실과 울산지부 지도부는 긴급하게 다음과 같이 결정을 내리고 준비했다. 80명의 추가 결합 동지들을 위해 컨테이너 박스를 준비하는 것이었다.

어느새 거대한 25톤 카고트럭은 컨테이너 박스 2동을 해방광장에 내려놓고 있었다. 뿐만 아니라 25톤 카고트럭 위에 천막(갑바, 덮개)을 치고 금세 잠자리를 마련하고 있었다.

상황실의 걱정은 언제나 그렇듯이 기우에 불과했다.

또 다시 대중들이 지도부를 감동케 하고, 반성케 하는 대목이었다. 이미

동지들이 함께 잠을 잤던 콘테이너 박스

해방을 향한 진군에 참여한 노동자들에게 밥과 잠자리 정도가 문제될 수는 없었다. 그들은 폭우와 폭풍을 뚫고서라도 오직 하나! 내 사랑하는 동지를 위해 달려온 이들이었다. 그것도 하루 한 바리(십수만 원)의 일당을 과감히 포기하고서 말이다.

울산동지들의 연대 소식은 우리들에게 있어서는 천군만마를 얻은 결과를 주었고, 반대로 자본과 권력에게는 큰 타격을 주는 비보였다. 특히, 경찰은 당황의 극치를 달리고 있었고, 이후 울산 결합투쟁은 자본과 권력으로 하여금 교섭에 방어적으로 나설 수밖에 없도록 한 중요한 사건이 되었다.

이 사건으로 인해 그들은 확실히 겁을 먹었다. 그것도 아주 많이…. 우리는 이러한 연대의 힘을 기반으로 5월 8일부터 진행된 교섭에서 전반적 우위를 점할 수 있었다. 게다가 이 동지들이 함께 주축이 되어 5월 8일 아침에 그 엄청난 구보를 하며, 언론을 통해 등장을 해버렸으니….

우리는 포스코 3문을 지나 해방광장으로 보무도 당당히 진군해 오던 그 울산지부 80대의 트레일러 행렬과 굉음 소리를 지금도 잊을 수가 없다. 아니 시간이 지나면 지날수록 더욱더 생생해지는 이상한 경험을 하고 있다. 화물노동자들에게 이미 지역은 아무런 의미가 없었다. 그것은 지배세력이 만들어 놓은 지도상의 구분이었을 뿐이다. 그들에게는 포항도 울산도 없었다. 오직 화물노동자라는 자랑스러운 훈장과 영광만이 함께 있을 뿐이었다.

10년, 아니 20년 이상을 핸들대에 매달려 곡예사와 같은 인생을 살아왔던 운짱들에게 크락숀 소리는 자신의 생명을 보호하기 위해, 또는 좀더 악바리같이 살기 위해 다른 차량을 추월하기 위한 생존의 소리였었다. 그러나 5월 7일, 우리가 들었던 크락숀 소리와 트레일러의 엔진소리는 새로운 세상을 향한 연대의 함성이었으며, 베토벤의 운명교향곡을 능가하는 훌륭한 자주적 주체적 교향곡이었다. 해방광장에 서서 비를 맞으며 박수를 쳤던 모든 동지들은 그 사실을 충분히 동의할 것이다.

언제 다시 그 아름답고 가슴 뜨겁게 싸나이 눈시울을 붉어지게 만들 불후의 명곡을 들을 수 있을 것인가?

5월 7일 지역의 장벽을 깨부순 연대의 진군은 폭풍우 속에서도 그렇게 빛나고 있었다. 새로운 승리라는 미소를 머금은 채….

15. 언론은 통제되어야 한다!

　이번 화물연대 투쟁이 전국적으로 급속하게 확산되고, 온 국민들에게 엄청난 반향을 불러일으킬 수 있었던 것은 뭐니뭐니 해도 언론의 보도가 한몫한 것이 사실이다.

　그러나 초기 가장 먼저 화물투쟁을 보도했던 YTN을 비롯한 수구보수 언론들의 보도 행태는 아예 화물노동자들의 염장을 지르는 일이었다. 뿐만 아니라 파업 초기에 상황실에 날아든 제보에 따르면, 포항시청의 경우 언론기관과 작당을 해서 천인공노할 공작을 꾸미고 있었다고 한다.

　한 예로 포항시청에서는 비료를 실은 화물차가 길가에 주욱 늘어선 사진을 찍어 대대적으로 언론에 배포시키고, 언론에서는 물류대란으로 농민들의 농사가 망쳐지고 있다는 흑색선전을 할 계획이었다고 한다. 화물연대의 파업을 불법으로 몰아가고, 공권력 투입을 종용할 계획을 짜고 있었던 것이다.

　이런 제보와 객관적 정황을 고려해 상황실과 지도부에서는 어차피 언론이라는 것 자체가 절대 우리들 편이 될 순 없다는 인식 하에 대 언론 관리 원칙을 내부적으로 설정해 놓고 있었다.

1. 한 시간 교섭하고 20분 언론 브리핑한다.
2. 언론은 특별한 경우를 제외하고는 지부장과 지부장의 지침을 받은 홍보위원
　 장이 그 업무를 담당한다.

　사실, 1번 항은 그런 대로 잘 진행되었다.

연일 벌어지던 취재 전쟁을 우리의 의도대로 끌고가는 것도 중요한 싸움이었다

교섭팀들은 교섭을 하고 난 후 전국에서 모여든 기자들에게 교섭의 구체적 내용을 아주 상세하게 브리핑을 함으로써 나름대로 객관성을 유지한 기사가 언론에 보도되게 했고, 특히 화물노동자들의 구체적인 삶의 문제에 대한 본질적으로 다룰 수 있게 콘트롤해 나갔다.

그러나 2번 항의 경우에는 제대로 진행되지 않았다.

왜냐하면 사실 언론사 기자들에게 화물연대 투쟁은 특종을 올릴 수 있는 절호의 찬스였기에, 기자들은 아무나 붙잡고 인터뷰다 취재다 하며 파상적으로 접근해 왔기 때문에 대 언론 창구 단일화가 지켜지지 않았던 것이다. 교섭위원들을 비롯한 지도부와 상황실에 소속되어 있던 필자까지 정말 언론사 기자라면, 진저리를 칠 정도로 시달려야 했다.

어느 정도인가 하면, MBC의 '아주 특별한 아침' (제목은 잘 기억나지 않는다) 같은 주부들 프로그램에서도 밀착 취재를 하러 왔고, 주요 방송사를 비롯한 언론기자들은 기획 취재를 위해 무차별적으로 조합원들에게 접근해 왔다.

우리는 문제의 심각성을 느꼈다. 왜냐 하면, 이 기자 양반들이 화물노동자가 어떤 구조 속에서 착취당하고, 또 어떤 관계 속에서 노동을 하고, 또 어떻게 살아가는지를 전혀 모르는 상태에서 기획 취재나 보도를 했을 때, 자신들의 예정된 각본대로 기사를 멋대로 써내려 갈 개연성이 존재했기 때문이었다. 뿐만 아니라 무턱대고 아무 조합원이나 붙잡고 취재를 진행한다면, 기사 내용이 침소봉대될 수도 있었다.

일단 상황실에서는 다음과 같은 지침을 내렸다.

1. 지도부를 제외한 모든 언론사와의 접촉은 절대 금지한다.
2. 일방적으로 화물연대 투쟁을 폄하한 YTN, 조선일보는 취재를 금지한다.

이후 정문경비대에서는 언론기자 대부분의 해방광장 출입을 철저하게 금지시킴은 물론, YTN과 조선일보는 아예 취재 자체를 못하게 막았다.

그들의 반발도 있었다. 그러나 이미 그들은 우리의 친구가 아니라 적이었다. 예외적으로 오마이뉴스와 한겨레에게는 약간의 취재 편의(직접 현장에 와서 취재하게 하고, 지도부와 연결시켜줌)를 제공했다.

전쟁은 그렇게 단순한 것이었다. 적과 아군 두 가지 외에는 아무것도 존재하지 않았다.

조선일보의 경우에는 필자가 직접 막았다.

"당신들의 그간 보도 형태나 기사 내용을 보면, 완전히 노동자를 죽이려고 혈안이 된 사람들 같다. 우리는 당신들을 정상적인 언론이라 생각하지 않는다. 언론이 취해야 할 기본적인 역할도 하지 않는 보수수구 세력들의 입이라고 생각한다. 당장 이 주변에서 나가라!"

이 말이 떨어짐과 동시에 복면을 하고 있던 우리 정문경비대는 보수 수구

소수 자본가와 다수 노동자들의 대표가 동수로 협상 테이블을 갖는 것 자체가 부조리다

세력들의 상징 조선일보를 해방광장에서 밀어내 버렸다. 이후 해방광장에서 더 이상 조선일보 취재 차량을 볼 수 없었다.

5월 9일 투쟁의 마직막 날 언론사 기자들은 정말 전쟁이었다.

그들은 우리들이 해방광장에서 투표와 개표를 하려고 하자, 우리 대오에 게 접근하기 위해 사력을 다하고 있었다. 정문경비대에서는 상황실의 지침 에 따라 언론기자들을 철저하게 통제하고 있었기 때문이었다. 해방광장 고 수부지 위에는 방송 3사를 비롯한 기자 50여 명이 진을 치고 카메라 셔터를 연신 눌러대고 있었다.

투표가 진행되기 전인 5월 9일 대오 정비를 하고 있을 때 사회를 보고 있 던 내게 평소 안면이 있던 MBC 지역방송 카메라 기자가 다급하게 SOS를 요청해 왔다.

"부탁 있는데요~. 우리들 중에 선별해서 방송 카메라 1명, 일반 카메라 1

무대를 벗어나 카메라로 취재하는 기자들

명 두 명만 취재할 수 있도록 해주세요~. 필름은 같이 사용하는 것으로 하고요~. 부탁합니다."

"예~ 논의 한 번 해보도록 하죠. 조금만 기다려 주십시오."

논의 후 상황실에서는 다음과 같은 결정을 내렸다.

기자라는 사실을 객관적으로 확인할 수 있는 방송카메라, 일반카메라 기자와 기자증이 있는 기자만 출입시키고, 취재는 원칙적으로 무대 위에서만 하는 것으로 한정한다. 아울러 개별 조합원 접촉 취재는 금지한다라는 것이었다.

상황실의 통제에 따라 취재는 시작되었다.

나는 생전에 그렇게 많은 카메라와 기자들은 처음 보았다. 투개표 시 딱 한 번의 상황이 발생했는데, 투표 장면을 취재하기 위해 몇몇 기자들이 무대를 벗어나 카메라를 돌리고 있었다. 사회를 보던 나는 그 더러운 성질을 폭발시키고 말았다.

"전체 투표 중지하십시오! 그리고 지도부는 전체 일정 중지하십시오! 그리고 지금 무대 아래에서 취재하고 있는 기자분들은 전체 나가 주십시오! 자~ 조합원 여러분! 만약 무대 위를 벗어나서 취재하시는 분이 있으면, 기관원으로 단정하고, 카메라를 뺏고, 해방광장에서 추방해 주십시오!"

이후 무대 아래 본 대오 주변에는 단 한 명의 기자도 찾아볼 수 없었다.

우리는 언론을 통제한 것이 적절했다고 생각한다. 만약 그렇게 하지 않았더라면, 그 혼란은 훨씬 컸으리라 생각한다. 아울러, 5월 9일 투개표를 제대로 진행할 수도 없었을 것이라 생각한다.

그러나 그보다 더 중요한 것은 투쟁의 중심에 서서, 해방의 중심에 서서, 모든 것을 우리가 제어하고 조율하고, 또 관장할 수 있다는 자신감의 획득이었다.

5월 초 우리는 이미 중심이었다.

16. 아~ 참! 쪽팔리서~ 교섭장에서 일어난 해프닝!

5월 8일. 투쟁은 기로에 서 있었다. 파국이냐 타결이냐.

자본과 권력은 다양한 통로와 다양한 기제를 통해 우리를 압박해 들어왔고, 우리들 또한 다양한 방식으로 자본과 권력을 공격해 들어가고 있었다.

며칠 전부터 지도부에 대한 긴급체포 소문이 무성해지면서, 우리는 결사대 동지들 가운데 가장 젊은 동지들을 지부장을 비롯한 지도부 사수조로 배치했다. 그런데, 몇몇 통로를 통해 확인해 들어갔을 때, 교섭위원 대부분에 대한 사법처리 방침이 준비되고 있다는 것이었다.

급기야 5월 8일 저녁부터 우리는 지도부에 대한 보위를 구체적으로 고민하기 시작했다. 교섭에서는 우리가 마지막 수정안을 제시하고, 결렬되면 파국으로 돌입할 것이라는 초강수를 두고 있던 시점이었다. 교섭의 중심을 맡고 있던 운송하역노조 조직국장의 전화에 긴급메시지가 떴다.

"지도부 8명 긴급체포 영장 발부 !"

조직국장은 상황실과 주변에 대기하고 있던 사수조에게 긴급 병력 요청을 해왔다. 상황실에서는 사수조 30여 명을 지도부(교섭단) 보위를 위해 교섭장소 주변에 긴급히 배치했다. 교섭 상황은 악화일로를 걷고 있었다. 한마디로 시계 제로였다. 그때가 22:10분 경이었다.

긴급히 파견된 사수조의 5명은 교섭장 안에, 나머지 25명은 2열로 지어서 교섭장 밖에 대기하고 있었다.

지루한 교섭이 진행되다가 교섭이 잠시 정회되었고, 이때 취재를 위해 밖에 대기 중이던 기자들이 교섭위원들에게 질문하기 위해 달려드는 것을 사

가장 젊은 동지들을 중심으로 짰음에도 불구하고 나이가 지긋이 든 조합원들이 눈에 띈다

수대 동지들은 '자라 보고 놀란 가슴 솥뚜껑 보고 놀란다'는 속담처럼 긴급 체포하려는 사복경찰로 오인하여 한바탕 난리가 벌어졌다. 우리의 믿음직한 사수대 전사들은 기자들과 교섭위원 사이를 가로막고 나서 지도부를 보위하기 위해 육탄으로 방어하기 시작했다. 몸싸움이 벌어지고 욕설이 난무하고….

그러나 이게 웬일인가? 아뿔싸! 사복조가 아니라 기자였다. 사수조는 대오를 정비하고, 다시 전열을 갖추었다. 솔직히 억수로 쪽팔리는 순간이었다. 그러나 주워 담을 수도 없고….

우리보다 더 놀란 것은 주변에 있던 정보과 형사들이었다. 게다가 교섭 테이블에 나왔던 사측 교섭위원들은 얼굴이 완전 하얗게 질려버렸다. 기자들은 말할 것도 없고….

잠시 정적이 흘렀다.

시간이 흐르자 해프닝이었다는 사실을 누구나 알게 되었다. 그러나 그 해프닝 속에서 모두가 엄청나게 긴장하고 있다는 사실이 증명되었다. 여차하면, 몸으로라도 붙어버리겠다는 우리의 의지를 단적으로 보여준 두 번은 안 되지만, 한 번쯤은 괜찮은 해프닝으로 평가하면서, 우리들은 한바탕 소리내어 웃는 것으로 그 사건을 마무리했다.

그런데 아직도 궁금한 것이 하나 있다.

바로 그 순간 그 자리에 KBS 뉴스 생방송을 하고 있던 여기자와 카메라맨이 그 자리에 있었는데, 그들은 이 상황을 어떻게 보도했을까?

방송사고로 보도했을까? 아니면…?

아~ 너무 궁금하다~.

민지네(http://minjine.net) 댓글 모음

질풍노도

(03-05-26, 16:22) 80대의 트레일러가 움직이는 장관을 보고 싶어요. 사진을 구할 수 있나요? 쫓겨난 조선일보의 꼬라지를 상상하니 웃음이 절로 나오네요. ^^

소한

(03-05-26, 16:24) 사진은 저도 통 구할 수가 없네요!
현재, 포항지부에서 동영상 편집을 하고 있는데 그곳에 있을지도 모르겠습니다.
다 편집되면, 아예 서버에 올리려고 생각중입니다.
시각적인 사진이 없이 딸리는 글빨로만 메꾸려고 하니 가랭이가 찢어질려고 합니다….

쫑아

(03-05-26, 16:43) 방송으로 으샤~으샤~ 하던 모습만 볼 때와는 달리 소한님의 글을 보니 그때가 정말 눈에 선합니다. 마치 내가 그 자리에 있는 것 같네요.
이런 걸 언론이 해주어야 하는 건데…. 힝~~

얼치기

(03-05-26, 16:48) 딸리는 글빨이라뇨…. 무신 말도 안 되는 말씀을… 너무 감동적입니다….

나도걱정

(03-05-26, 18:17) 감사하게 읽고 있습니다.

바람

(03-05-26, 23:45) 아 아깝다. 민지네 방송국 캠코더가 날아가서 착 찍어 왔어야 하는데…. ㅎㅎㅎ

이민수

(03-06-12, 18:11) 민지네의 파업투쟁~~ 정말 감명 있게 읽고 있습니다.
저 또한 울산에서 투쟁 지원에 나선 사람으로 정말로 감명적입니다.
그리고 처음에는 80대로 올라왔지만 내려갈 때는 정확히 119대가 일렬로 줄지어서 울산으로 내려갔습니다. 7일 이후로 계속 지원군들이 올라왔다는 증거겠지요 ——— 투쟁은 계속되어야 한다 ——— 투쟁!!!!

17. 숨어 있는 영웅들! — 경비와 식당

이제까지 우리들은 영웅이라 생각하면, 중국역사에 풍류가무나 즐기고 색이나 탐하는 한량쯤으로, 아니면 람보 새끼처럼 한 놈이 방방 날면서 수천 수백의 정규군을 박살내고 승리하는 막강파워맨쯤으로 여겼을지도 모른다.

그러나 2003년 남한노동계급은 퀭한 눈에 거무스름한 수염턱에, 비듬이 폴폴 떨어지는 씻지 않은 머리칼에, 쉬어 쉿소리를 내는 목소리의 주인공들을 영웅이라 칭하게 되었다. 그들은 보잘것없는 외모에 나이 오십을 훌쩍 넘어 칠십이 다 된 할아버지에서부터 이제 갓 대형면허를 땄음직한 앳된 얼굴을 한 약관의 혈기방장한 청년일 수도 있다.

그러나 그들은 눈만 떴다 하면, 개혁을 씨부렁거리는 노무현 대통령과 노빠 패거리들의 9시 뉴스 헤드라인 입성을 한 방에 날려 버리고, 어느날 갑자기 우리들 눈 속으로 마치 게릴라처럼 침투해 버렸다.

우리가 칭송하는 영웅들은 우리들이 무료한 일상을 살아가는 삶의 현장에서 언제나 큰 의미없이 스치고, 부딪히고, 싸우고, 웃고, 울던, 누군가 이야기했던 보통사람들이다.

그러나 바로 이들에 의해 2003년 남한의 역사는 새롭게 기록되었고, 당당히 자신들의 이름을 이 세상 전면에 선명하게 각인시켜 주었다. 혼자 잘난 영웅이 아니라 거대한 파도처럼, 해일처럼, 산이 되고, 바다가 되어 어느 날 갑자기 다가온 영웅이었던 것이다.

이제 그들은 역사라는 연극의 주인공들이다.

2003년 5월 화물노동자들의 위대한 투쟁은 사실 보이지 않는 자발적이고, 창의적인 영웅들에 의해 이끌어져 나갔다고 해도 과언이 아니다. 누가 강요하고 시키지도 않았는데 그들은 투쟁을 즐거워했다. 아니 차라리 환호했다고 해야 정확한 표현일 것이다.

2003년 5월 2일 투쟁의 깃발이 오르자마자 우리들에게 가장 큰 난관으로 다가왔던 것은 먹는 것과 자는 것 그리고 근무조를 편성하는 것이었다. 특히 먹는 문제는 심각했다.

지도부의 한 동지께서 왈,

"우리 기름쟁이들은요, 다른 것은 다 말 잘 듣고 괜찮은데, 밥 안 묵있다 카믄 뚜껑 열리가꼬 폭동 일어납니데이~."

첫날 200명 집결에 도시락 300인분이 마파람에 게눈 감추듯 증발해 버렸다. 아이고… 장차 이 일을 우짜믄 좋노?

궁즉통이라 … 궁하면 통한다고 했던가?

포항지역에는 포스코에서 일하는 최하층의 비정규 일용직 노동자들이 있고, 이들의 조직적 결사체가 바로 포항지역건설노동조합이다. 건설노조는 민주노총 포항시협의회의 핵심사업장이기도 하다.

흔히 이야기하는 노가다 일용직이지만, 벌써 10년 전에 월차, 주차 등 기본적인 근로조건은 확보해 놓은 베테랑 노동자들이다. 이들은 수년 간 파업과 투쟁을 하면서 많은 노하우들을 간직하고 있었다.

그 중 가장 큰 노하우 중의 하나가 바로 대규모 군사들을 먹이는 실력이다. 보통 일 년에 한두 차례 하는 총회 때 1,500인분의 밥은 거뜬하게 해냈다. 실제 포항에서는 건설노조 소고기국밥의 그 진한 맛을 못 잊어 일부러 건설노조 총회 때 찾아와 한 그릇 뚝딱하는 노조 간부들도 있다(진짜입니다).

8일 간 식사와 보급을 책임졌던 성우지회 동지들

건설노조 후생복지부장(이름이 좀 특이합니다. 공장근 — 이름 덕택에 노조운동 하시는 것 같기도 함)에게 급히 구원요청을 했다. 한 시간이 지나자 직접 후생복지부장이 오셔서 건설노조에서 공수해 온 1,000인분 밥할 수 있는 장비를 직접 작동시범까지 보여주시며, 식당조로 편성된 성우지회 동지들에게 자신이 가지고 있던 모든 노하우(밥한 지 벌써 5년째입니다)를 전수해 주셨다.

5월 3일부터 영웅들의 활약이 시작되었다.

성우지회의 경우 대부분 나이가 오십을 훨씬 넘은 고령의 노동자들이었는데, 불평 한 마디 없이 핸들 대신 쌀을 씻고, 설거지를 하고, 무를 썰고, 김치를 자르고, 콩나물 껍질을 벗기고…. 그들은 한 마디로 무슨 마술사 같았다. 그들의 손이 한 번씩 지나갈 때마다 우리 동지들의 살과 피가 될 음식(실탄)이 얼마 지나지 않아 뚝딱 만들어져 나오는 것을 보며 감탄하지 않을 수 없었다.

평생 단 한 번도 밥이라는 것을 해보지 않고, 남들이 만들어 주는 밥만을 드시다가 이제 투쟁과 해방의 현장에서 보급부대라는 막중한 사명감 하나로 동지들의 식사를 책임진 그들이 만든 밥과 국은 형편없는 삼층밥이 아니라 실제 맛있었다. 그리고 메뉴도 매 끼마다 바뀌는 것이었다. 소고기국밥에서 동태국으로 다시 닭백숙으로 다시 해물탕으로….

새벽 3시경부터 식사를 준비하는 손길이 시작된다. 불을 지피고, 물을 데우고, 쌀을 씻고, 국을 끓이고…. 동이 터오고 새벽 근무조가 교대해서 들어왔을 때는 이미 모든 식사 준비가 100% 완료되었으니 수고한 그 손길들이 얼마나 정감 있고 고마울 것인가. 아침을 먹을 때 이들은 점심을 준비하고, 점심을 먹을 때 이들은 이미 저녁을 다 만들어 놓고 있었다.

사실 운짱들의 입맛이 깐깐한 건 알만한 세상사람들은 다 안다. 그래서 미식가들은 기사식당을 일부러 찾아가기도 한다. 그런데 이런 별난 입맛의 운짱들도 해방광장 화물연대 식당에서는 한 마디 불평불만이 없었다. 자신과 똑같이 기름밥 먹는 동지가 이른 새벽부터 일어나 온갖 정성을 다 모아 만든 밥에 어찌 불만을 가질 수가 있겠는가? 지난 8일 동안 그들은 밥을 먹은 것이 아니라 동지애를 먹었던 것이다.

특히나 5월 5일 어린이날 대항쟁 때 식당조 영웅들의 활약상은 정말 대단했다. 포스코 3문을 봉쇄하고, 곧이어 전체 문이 봉쇄되었을 때 투쟁 대오들은 아예 식사를 한다는 엄두도 못 냈다. 포항지역 열세 군데에 배치되어 있던 포스코 3문 봉쇄조 이외의 동지들은 그날 새벽부터 근무교대 없이 식사도 하지 못하고 있던 차였다.

그러나 이들이 누구인가. 성우지회 동지들은 식사를 준비하자마자 조를 나누고 봉고차를 비롯한 차량에 음식을 싣고 그대로 투쟁현장으로 달려갔다.

그 자리에서 배식과 설거지, 잔밥 처리까지 정말 깔끔하게 처리하는 신기에 가까운 솜씨들이었다. 단 한 사람의 배도 곯게 하지 않겠다는 각오였다.

그리고 돌아오자마자 저녁을 준비해서는 다시 대형식당트럭 자체를 현장에 급파해서 무려 3시간 동안 배식과 설거지를 포스코 앞에서 해냈다. 이미 그들은 슈퍼맨이 되었다. 그런 중간 중간에 또 돼지고기 수육까지 배급했다!

사실 지도부와 상황실에서는 이들에게 주문만 했었다. 뭐 해달라 뭐 해달라…. 그러나 그들은 한 번도 그 주문을 위배하거나 시간을 어긴 적이 없었다. 기꺼워서 하는 해방의 노동이 무엇인지 이들은 알았다.

그 덕분에 8일 내내 엄청난 재정을 아낄 수 있었고(도시락을 먹었더라면 보통 한 끼당 300~500만 원 소요) 뚜껑이 열려 폭동이 일어나는 사태를 미연에 방지할 수 있었다.

식당조와 함께 이번 포항투쟁을 견고하게 흔들림없이 잘 진행할 수 있도록 도와준 영웅들이 더 있었으니 그들이 바로 정문경비대 동지들이었다. 전편에서 이들에 대한 에피소드는 이미 소개되었으므로 다른 내용을 서술코자 한다.

정문경비대 동지들은 어느 지회나 조직에서도 약간은 자유로운 사수대 산하의 별동대 같은 조직이었다. 자체로 인원을 짜서 아예 먹는 것, 자는 것, 교대하는 것 등을 완전히 자체적으로 진행했다. 제대로 먹지도 못하고 잠도 못자는 것 아닌가 하는 걱정이 들만큼 철저하고 견고하게 자신들의 임무를 충실히 수행해 주었다.

그들 덕분에 기관원이나 언론, 시시껄렁한 시정잡배들이 얼씬도 못하게 우리의 대오를 안전하게 보위할 수 있었다. 그리고 거대한 화물트럭과 수많은 차량이 지나갔음에도 단 한 차례의 사소한 접촉사고도 없었다는 사실이

마지막까지 자신의 임무를 성실히 수행한 정문경비대 — 멀리 고수부지 위의 동지들

그들의 철저한 태도를 반증하는 것이기도 하다!

아울러 마지막 5월 9일 투개표하는 순간까지도 자신들의 위치를 이탈하지 않고 꿋꿋이 역할을 수행했다. 그 동지들만 생각하면, 지금도 믿음직하다!

식당조, 정문경비대, 그리고 동방지회의 고문님! 순찰조 동지들! 대오 이동을 책임졌던 버스운전 동지, 긴장된 순간을 반전시키는 탁월한 재주꾼 고무다라이 형님 등등 정말 주마등처럼 그들의 얼굴이 스쳐간다. 그들은 이름 없는 전사가 아니라 진짜 영웅들이다.

자신의 이름을 높이지 않는 참 멋진 아저씨 영웅들~. 지금쯤 고속도로 위에서 TRS를 켜고 있을까? 아니 어느 허름한 휴게소에서 식사라도 하시고 계신가~.

왜 이리 영웅들이 보고 싶은가. 아마 오늘 또 추적추적 비가 내리고, 5월 7일 그 폭풍우가 생각나서일 것이다!

노동자들의 대표들은 파업의 결과에 상관없이 탄압을 피하기 힘들다. 교섭 테이블에 함께 앉았던 회사측 대표들이 구속된 적은 단 한 번도 없었다.

[투쟁글] 수배자가 된 그들!

— 민주노동당 경북도지부 자유게시판에 올라온 민주노총 경북본부장의 투쟁글

며칠 전 투쟁 현장에서 봤던 그들은 너무나 진지했습니다.

자신을 버리며, 전체 화물노동자들의 삶을 변화시키기 위해

밤잠을 설치며, 세수도 못한 채 부시시한 얼굴로 전체대오를 이끌어 가던 그들!

비바람이 세차게 몰아치던 밤도, 폭도로 몰아가는 정권의 협박에도 덤덤한 채

밝게 웃던 그들! 나만을 위한 삶보다 모두를 위한 길을 선택하며 고통의 시간

을 기쁨으로 만들어 가던 그들!

동료를 죽음으로 몰고 갔던 지긋지긋한 삶을 변화시키기 위해

투쟁으로 떨쳐 일어섰던 그들! 만족할 수 없는 결과지만 정부와의 약속을 믿고
울분을 접었던 그들!

놈현은 그들을 범죄자로 만들어 버렸습니다.
십여 일만에 만난 가족들에게 미안했던 마음을 풀어 줄 시간도 없이,
이제 또 얼마나 오랜 시간을 가족과 떨어져 있어야 할지 모릅니다.

집에 오기만을 애타게 기다렸던 여덟 명의 아빠들은 어린이날을 함께 해주지
못한 죄책감을 가슴에 안은 채 수배자가 되고 말았습니다.

어젯밤 우리들은 그간의 고단함을 서로 위로하며
승리의 잔을 올리려 했었는데….
놈현의 배신에 치를 떨며, 이별의 잔을 들어야 했습니다.

영웅 파이팅!

민지네(http://minjine.net) 댓글 모음

새벽길

(03-05-26, 21:16) 연재가 중단되어서 안타깝기는 하지만, 동지들의 신변보호가 우선이죠. 나중에라도 반드시 연재가 계속될 것을 믿습니다. 그동안 잘 읽었습니다.

질풍노도

(03-05-26, 22:14) 처음 글을 읽고 2부부터는 꼭 읽어야 한다는 사명감으로 연재를 기다려 왔습니다. 우리가 읽고 그 진실을 이야기하지 않는다면 누가 '화물연대' 노동자 투쟁의 진실을 알릴 수 있겠는가 하는 책임감마저 느꼈던 지난 며칠이었습니다.

근데 오늘 잠정 중단할 수밖에 없다는 사연을 듣고 나니 아쉬움보다는 분노와 서러움이 앞섭니다. 노무현 정권의 기만적인 수배 조치에 주먹을 불끈 쥐며 다음을 기약하겠습니다.

'27. 투쟁이 끝난 해방광장에 서서…'가 '끝'이 아닌 새로운 시작으로 기록될 연재를 기다리겠습니다.

아직 싸움은 끝나지 않았습니다.

화물 연대 노동자들의 싸움은 어쩌면 지금부터일지도 모릅니다.

단결의 경험을 맛본 노동자의 힘으로 지도부를 지켜내야 합니다.

노무현 정권이 더 큰 저항에 직면하기를 원하지 않는다면 당장 수배 조치를 해제하고 '화물연대' 노동자와 한 약속을 성실히 지켜야 할 것입니다.

그러지 않으면…

투쟁의 함성을 다시 듣게 될 것입니다.

투쟁!!!

소한

(03-05-26, 22:45) 질풍노도님의 메모는 언제나 커다란 후원이자 힘이었습니다.

당연합니다. 우리들의 싸움은 끝나지 않았습니다.

다시 한 번 질풍노도와 같은 투쟁의 함성으로 노동계급 해방투쟁 전선으로 힘차게 달려가겠습니다.

투쟁이 끝난 해방광장에 서서…는 결코 끝이 아니라 해방을 향한 새로운 전진이 될 것입니다.

함께 웃어주고 울어주고 격려해주신 민지네 식구 여러분!

당신들의 따뜻한 격려가 저를 비롯한 화물연대 식구들에게 얼마나 큰 힘이 되었는 줄 잘 모르죠.

따스한 시선을 보내주시는 당신들이 있어 힘이 솟구칩니다.

고맙습니다.

미안합니다.

감사합니다.

사랑합니다.

행복합니다.

수배중인 동지들과 민지네 동지들을 생각하며….

쫑아

(03-05-26, 23:22) 뜨아~

이런 일이….

연재가 중단되다니…. 소한님 기다리겠습니다.

잊지 말고 꼭 다시 오셔서 연재해 주세요. ^^

바람

(03-05-26, 23:51) 수배가 빨리 풀려 가족과 일터로 모두들 돌아가셔서 이 나라의 물류를 멋지게 돌려주시길 바라겠습니다. 한번 뚫어져라 노무현 정부의 행태를 지켜보렵니다.

오리

(03-05-27, 09:06) 소한님의 글이 다시 연재되기를 기다리겠습니다.

화물노동자들의 투쟁에 힘입어 많은 노동자들의 생존권을 위한 투쟁이 연재되고 있지 않나 싶네요…. ^^

나무늘보

(03-05-28, 05:34) 정말 어처구니 없죠, 지금 정권이 하는 짓이란 게….

연재 중단되는 거 참 아쉽네요….

수배되신 분들, 부디 몸 조심하시길….

구르는 천둥

(03—05—30, 09:15) 잉잉잉.

저의 가장 큰 사치이자, 취미가 대하소설 10권 정도 옆구리에 꿰차고 식음전폐하면서 깔깔 깔 읽는 것인데… 요즘은 한강을 읽고 있지만 사정상 자꾸 끊겨서 즐거움이 반감되었습니다. 근데, 근디유. 소한님의 화물연대 스토리를 읽고서 너무 찡하고도 감동적인 기억과 재미와 짜릿한 현장감이 감도는 대하소설을 읽는 기분이었습니다. 정말 기분 짱이었지요 !

흐흐 그런데… 어쩔 수 없지만 그 대하소설 읽는 즐거움을 잠시 접어야 하다니 넘넘 슬프 군요.

잠시 연재를 쉬는 동안 생생한 다큐의 멋진 제목을 구상해 보심이 어떨지요?

아울러 수배중인 동지들이 어디 있더라도 몸 건강하시고, 이 정권이 제정신 차려서, 빨리 수배를 해제하길 바라며, 따스한 가정으로, 동지들이 있는 노동의 현장으로 복귀하시길 빌어봅니다. 어디 계실지 모르지만 뜨끈한 커피 한 잔 대접해 올립니다. 맛있게 드시고, 지발 짭새들한테 걸리지 마시구요. 소한님도 잠시 재충전하시구요. 쓰느라고 읽느라고 모다 욕봤습니다.

18. 슬로건의 변화 과정

슬로건은 요구와 내용이 함축적으로 포함되어 있는 투쟁 결의의 표현이다. 화물연대 포항투쟁이 맨 처음 시작될 때, 화물연대 동지들의 구체적인 요구사항이나 내용이 제대로 준비되지 않았던 것이 사실이다. 막연하게 운송하역노조의 12개 요구사항 (주로 대정부적인 내용)을 기반으로 투쟁하고, 현실 운송료를 인상시킨다는 것 정도의 내용이 내부에 흐르고 있던 암묵적인 내용이었다.

상당히 즉흥적인 면이 많았던 것이 사실이다. 이러한 이유들로 인해, 초기 슬로건 역시 상당히 추상적이고 즉흥적이었다. 초기 화물연대 조합원들 사이에서 가장 많이 외쳐진 구호 중의 하나는 다음과 같다!

"화물노동자 총단결로 확 엎어불자!"

이 슬로건은 당시 화물연대 조합원들의 심경을 솔직하게 그대로 담아내고 있었다. 요구내용이나 대상에 대해 구체적이고 정형화되어 있지는 않지만, 이 세상에 대한 원망과 분노 그리고 폭발 직전의 심정을 그대로 표현하는 것이었다.

결국 이 슬로건은 대중들의 정서를 전적으로 담보하고 있음에도 불구하고, 구체적으로 어떻게 투쟁의 경로를 설정하고 요구를 어떻게 가시화할 것인가 하는 내용이 표현되지는 못했다. 물론 이 슬로건 속에는 화물노동자들의 투쟁이 폭발성을 담고 있으며, 전면적인 투쟁으로 전화될 수 있는 맹아들

5월 9일 마지막 집회에서 구호를 외치는 조합원들

이 숨어 있기는 했지만….

투쟁이 시작되고 2~3일이 지나면서, 화물연대 노동자들의 눈에 가장 거대한 대립물로 포스코가 다가왔다. 포스코가 나머지 화주업체들을 꼬드겨서 화물연대 파괴공작을 구체적으로 진행하고, 이후 화주업체들의 조직적인 교섭거부로 진행되면서, 포스코와의 한 판 격돌은 피할 수 없는 전쟁이 되어가고 있었다. 포항투쟁의 가장 중요한 시점이었던 5월 4일부터 5일을 정점으로 다음과 같은 슬로건이 중심이 되었다.

"한판 붙어보자! 포스코는 각오하라!"

이 구호 역시 구체적 슬로건으로서의 기능보다는 강력한 대립물로 다가오는 적에 대한 분노와 투쟁의 의지를 모아내는 쪽으로 맞추었다. 그리고 이때부터 구체적 요구내용을 담은 경제적 요구인 경유가 인하, 운송료 인상, 12

대 요구 쟁취 등의 슬로건들이 서서히 부상하기 시작했다.

5월 7일, 8일에 즈음해서는 포스코라는 대립물이 가시권에서 튕겨나가고, 운송업체와의 실질적인 교섭이 되었다는 것을 반증하는 구호들이 외쳐졌다.

"운송료를 인상하여 인간답게 살아보자!"

이놈의 '인간답게 살자' 라는 슬로건이 20세기를 넘어 21세기에서까지 사용될 줄은 몰랐다. 안타깝기는 하지만 7~8일에 집중된 구호는 운송료를 중심으로 한 생존권적인 요구 쟁취에 대한 내용이 대부분이었으며, 이 요구 이상을 뛰어 넘는 현 사회 구조와 모순에 대한 본질적 요구들은 거의 없었다. 이런 점은 이번 화물연대 투쟁이 가지고 있는 한계 지점이었다고 생각한다.

좀더 변혁적이고 자본과 권력에 대한 본질적인 요구와 투쟁을 담아내는 적절한 슬로건이 출현하지 않았다는 것은 투쟁지도부가 여전히 숙달되거나 훈련되지 않은 아마추어들이었다는 점과, 애초 투쟁의 첫 출발점에서 투쟁의 요구와 성격을 분명히 하지 않고 진행되었다는 점에서 당연한 것이었는지도 모르겠다.

파업을 일컬어 자본가와 보수정당들은 '난동' 이라 지껄이며 악다구니를 퍼붓지만 우리들은 멋있게 '노동자의 정치학교' 라고 부른다. 노동과 자본의 격렬한 직접적인 대립 속에서, 평소에는 느슨하고 완만하게 진행되던 노동자의식의 변화가 단순간에 계급의식으로 발전, 상승하는 경우를 자주 경험하게 된다.

노동자들은 파업투쟁을 통해 자신이 발 딛고 서 있는 현 사회구조 본질에 대한 인식의 접근을 이뤄내고 가슴 속 깊이 내재하고 있던 그 폭발적인 계급적 본성을 회복하게 된다. '투쟁' 이라는 실천적이고 의식적인 행위를 통해 근로자에서 '노동계급' 으로 거듭나는 것이다.

아울러 파업이라는 집단적 행위를 통해 노동자들은 관념적인 부르주아 이데올로기를 넘어 노동자민주주의인 민주집중제에 대한 집중적인 훈련을 받게 되며, 그 시스템을 몸으로 체화시켜 진정한 민주투사로 거듭나게 되는 것이다.

화물연대 포항지부의 파업투쟁이 5월 7일을 경과하면서, 운송업체들의 버티기 작전으로 인해 교섭이 난관에 봉착하면서, 민주노총 활동가들은 어떻게 당면한 현실을 돌파할 것인가를 두고 많은 고민을 했다.

다음은 민주노총 포항시협의회 활동가들의 내부 토론의 한 과정이다.

— 야~ 이제 마무리 투쟁을 어떻게 할 것인가도 고민을 슬슬 해야 되는데 현장
  분위기는 어떻노?

― 최소 20%는 되어야 된다고 난리데이~!

― 조합원들은 지난번 대산 파업투쟁 때 15%로 타결되가꼬, 기본 15%는 따논 당상이라고 생각들 하는 모양이다. 10%, 12% 가지고는 아예 들이대도 못하겠다.

― 교섭 되가는 꼬라지 보니까 대가리 돌겠다…. 아이고~ 근데 20%를 우째 뺏들어 낸단 말이고~ 미치고 팔짝 뛰겠데이….

― 근데 지금 분위기로 봐서는 프로수도 프로수지만 타결방식이 더 문제다 카이. 일단 죽이 되던 밥이 되던 조 박어 놓고 마무리를 해야 된다 카이~ 포스코 3문은 저리 세리 잠가 놓고 오만상 씨게 박아뿟는데 그 뒷타가 없어가꼬야 되겠나? 우쨌든 전체 조합원들이 참여하는 대중적 2차 투쟁이 있어야 된다. 그래야 포스코나 경찰, 청와대에서도 놀래지 안 그래가꼬는 택도 없다.

― 야~ 일단 내일 아침 총회 때 교섭 보고하고 씨게 한판 박아뿌자. 투쟁이 점점 상승되도록 내일은 약간만 맛만 보이주는 걸로 해가꼬 한판 박아가 마 저 놈들 눈까리 확 뒤비지게 해야 된데이~

― 그래 일단 내일 총회 때 조 짜서 조별로 포항 전역 포위해서 압박해 들어오는 준법투쟁 전술 30% 정도만 가동시켜 보자~. 만약에 그래 가지고 공권력 들어오면, 일단 지도부는 흥해 한동대나 대구, 부산 안 그라만 명동으로 숨겨 놓고, 2선 지도부 중심으로 전면 시가전 한 판 하면 되지 뭐~. 그쯤 되면, 여기는 광주되는 기다~.

― 맞다! 근데 저거들도 쉽게 미친 짓은 못할끼다.

― 좋다! 내일 아침 총회 때 전체 조합원들에게 투쟁 지침 설명하고, 각 지회별로 조 짜서 포항 외곽으로 스탠바이 하고 있다가 지침 내리면 그대로 콱 박아 뿌라.

― O.K ! O.K ! O.K !

준법의 테두리 안에서만 살 수 있어도 노동자는 행복하다

결론은 투쟁을 통해서 모든 것을 해결하고 모든 것을 마무리한다는 것이었다. 뿐만 아니라 교섭위원 몇몇의 협상 기술이 아니라 철저하게 대중 스스로 투쟁에 참가하고 대중 스스로 결정해야 한다는 원칙을 다시 한 번 확인했다.

즉, 타결이 10%가 되든 20%가 되든 그 수치가 중요한 것이 아니라 바로 조합원 대중 전체가 함께 투쟁에 참여하고, 또 함께 참여하는 그 투쟁을 통해 스스로 느끼고 스스로 모든 것을 결정하게 하자는 것이었다. 특히, 마무리 수순은 납득할 만한 안을 끌어낸다 하더라도 반드시 조합원들의 투쟁을 몇 차례 거치고 난 뒤에 진행할 것을 결정했다.

이번 투쟁 속에서 우리 활동가의 역할은 열정과 환희에 빛나는 역사적 투쟁에 조합원들이 직접 참여하고 스스로 느끼게끔 열린 투쟁의 공간을 만들어 주는 것이라고 스스로 확인하고 다짐했다.

이러한 결론은 다음과 같은 실천행동을 만들어 냈다.

1. 5월 8일 모든 지회를 6개 조로 나누어 포항 외곽 6개 주요 거점지역에서 대기
   한 후 지침에 의거, 준법운행(포항진입투쟁 — 20km 속도로 진입)을 시작한다.
2. 5월 9일 모든 지회를 11개 조로 나누어 포항 시내 전역에 대한 도로 진입 및
   화주, 주요 운송사 전면 봉쇄와 주변도로 준법운행을 시작한다.

투쟁을 통해 쟁취하지 않는 결과물은 쉽게 사라진다는 것을 우리는 이미
몸으로 알고 있다. 뿐만 아니라 대중 전체가 합의하고 함께 참여하는 것이
담보되지 않는 합의는 결코 긍정성을 나타낼 수 없다는 사실 또한 알고 있
다. '투쟁'과 '대중'이라는 단어는 결국 노동조합 운동에 있어서 반드시 지
켜야 할 원칙인 것이다.

이러한 진리는 지난 수십 년 간의 노동운동사에서 너무나 비일비재하게
발견할 수 있다. 똑같은 결과라 하더라도 노동자민주주의에 입각해 조합원
스스로 쟁취한 결과와 몇몇 지도부와 자본이 타협을 해서 일방적으로 만들
어낸 결과는 이미 그 성격 자체가 다른 것이다. 노동자민주주의에 입각한 투
쟁이라는 실천을 통해 결과가 쟁취되는 그 위대한 과정은 이미 단순한 산술
적 논리가 아니라 화학적 반응이 일어나 성격과 내용이 변하는 것이다.

이번 화물연대 투쟁에 있어서 중요한 성과 중의 하나가 바로 전 과정에 대
해 화물연대 조합원 스스로 투쟁에 참여하고, 스스로 결정했다는 것이다.

이게 말처럼 결코 쉬운 것이 아니라는 것은 아는 사람은 다 안다. 자본가
나 보수야당 같은 기득권 세력들이야 죽었다 깨어나도 모르겠지만….

21. 전선을 사수하라! — 민주노총 대표자들의 결의!

이번 화물연대 포항지부의 파업투쟁은 연대의 손길을 강하게 느낄 수 있는 조건이 아니었다. 5월 5일, 5월 8일이 공교롭게도 공휴일이었고, 당시 포항지역의 경우에는 대부분 휴무기간이 길었거나 아니면, 대부분 노동조합에서 간부수련회 등을 개최하고 있어서 실제 포항에는 노조 간부들이 거의 없었다. 그러나 언론에 대대적으로 보도되고, 화물연대 투쟁이 점점 더 탄력을 받으면서, 지역 노동조합들의 연대의 발길도 빨라졌다.

5월 8일은 어버이날이자 석가탄신일이어서 민주노총 포항시협의회 정기 운영위원회(노조대표자 회의 — 매월 첫째주 목요일 10:00)가 그 다음날인 5월 9일 10시에 개최되었다. 민주노총 포항시협의회 의장(김병일 — 민주노총 경북본부장과 민주노동당경북도지부장 겸임)이 마무리 교섭에 직접 참여하고 급박한 현장 투쟁 지도로 회의 주재를 할 수 없는 상황이었다. 회의는 수석 부의장인 포항건설노조 위원장이 주재하였다.

이날 회의에서 포항지역 노조대표자들은 모든 안건을 유보하고 화물연대 투쟁 지원에 대해서 다음과 같은 중요한 결정을 내렸다.

[화물연대 포항지부 투쟁 지원 건]

1. 민주노총 포항시협의회 운영위원회를 민주노총 전국운송하역노동조합 화물연대 포항지부 지원 투쟁본부로 전환한다.
2. 실무책임자는 민주노총 경북본부 사무차장 배성훈, 금속노조 포항지부 조직부장 홍훈식, 민주노총 포항시협의회 교육선전부장 김용식으로 한다.
3. 5월 9일(금) 15:30 노동부 포항사무소 앞에서 전체 간부 및 퇴근조가 집결하여 투쟁 대기 상태로 돌입한다.
4. 이후 간부파업 등으로 투쟁전선을 전면 확대한다.

※ 세부적인 사항은 투쟁본부 지도부의 지침을 따른다.
※ 화물연대 포항지부의 찬반투표 가결로 타결될 시 투쟁본부는 자동 해산된다.

위와 같은 공식적인 결정 외에 포항지역 노동조합 전체를 조별로 나누어 차량시위 투쟁 결합 방안에 대해 구체적으로 논의해 들어갔으며, 아마 파국으로 치달았다면, 화물연대 차량과 민주노총 조합원 차량이 전체가 합세한 그야말로 장관인 멋진 투쟁 모습이 연출되었을 것이다.

당시 민주노총 포항시협의회 대표자들은 이 역사적인 투쟁에 대해 지원하지 않고 연대파업을 진행하지 않는다면 천추의 한을 가지게 될 것이라는 위기 의식을 가지고 있었으며, 서로 조건은 다르지만 최대한 조직하여 전면적인 시가전을 비롯한 해방투쟁에 복무해야 한다고 생각했다. 사실 분위기 또한 자연스레 그렇게 흘러갔다.

대표자들은 긴급회의를 마치자마자(이때까지 대표자들은 잠정합의된 줄을 모르고 있었다) 잠정합의 후 조합원 총회를 하고 있는 해방광장에 함께 서서 그 진한 투쟁과 연대의 여운을 맛보았다.

22. 거꾸로 김밥을 아시나요?

화물연대 조합원들이 전면 파업에 들어갔다는 소식이 가장 먼저 알려진 곳은 민주노총도 언론사도 아니었다. 바로 주유소였다. 엄청난 기름을 소비하는 대형차들이 전부 국도변 갓길에 딱 멈춰 서 버렸으니 주유소가 파리를 날리는 것은 당연한 결과였다.

파업 첫날인 5월 2일을 제외하고, 그 다음날부터 포항 인근 지역과 국도변에서 영업을 하는 각 주유소의 화물연대 구애작전이 본격적으로 시작되었다.

그야말로 화물연대 조합원들에게 눈도장을 찍기 위해 각 주유소마다 직접 사장님들께서 납시어서 컵라면, 드링크제품 음료수, 투쟁지원금이 든 돈봉투, 생수 등 온갖 물품을 찬조하고 돌아갔다.

이 물품의 높이가 어른 키보다 더 높게 쌓이기 시작했다. 아침은 컵라면으로 떼우고 점심과 저녁은 밥을 해서 배식을 했는데, 실제 하루인가 이틀인가를 제외하고는 대부분의 아침을 찬조 물품으로 들어온 컵라면으로 해결할 수 있었다.

5월 9일 파업투쟁의 마지막 날 한 주유소에서 집에서 어머니가 말았음직한 고급 김밥 300개와 소형 생수 500개를 들고 왔다. 문제는 김밥이었다.

이날 아침 조합원 총회 때 긴박한 전면 투쟁을 앞두고 조합원들에게 점심을 배식할 수가 없을 것 같은 판단이 들어서 점심은 직접 투쟁 현장에 빵과 우유를 배식하기로 하고 총 800개씩 주문했다.

그런데 각 지회별로 빵과 우유를 배식하고 있는 순간에 그 망할 놈의 닭장차가 지나가고, 헬기가 뜨면서 상황실에서는 전면전이 발생한 줄 알고 전체 대오를 예정된 투쟁장소로 급히 출동하라는 지침을 내려 버렸다.

결국 어떤 지회는 빵과 우유를 배식받았고, 어떤 지회는 쫄쫄 굶으며 현장에 투입되어 마지막 날의 그 화려한 봉쇄투쟁과 준법투쟁을 감행했다. 게다가 5월 9일 마지막 순간에 개표를 하면서 알게 된 사실이지만, 인원이 무려 1,100여 명에 육박했다. 넉넉하게 잡아 800여 명으로 계산하고 빵과 우유를 시켰으니 모자라는 게 당연하지!

오후 들어 600여 대의 차량이 굉음을 울리면서 포항 전 지역을 틀어 막으면서 역사에 길이 남을 투쟁을 전개했다. 이에 놀란 자본과 권력은 노동자들의 요구를 일부 수용하게 되었고, 지루하게 진행되던 교섭이 잠정합의라는 새로운 국면으로 돌입했다.

이에 지도부는 잠정합의에 따른 지침으로 전 차량에 대해 복귀명령을 내렸고, 전체 조합원들은 거의 2시 반이 되어서야 해방광장에 다시 모였다. 해방광장에 모인 조합원들은 대오를 정비하고 난 다음 제일 먼저 밥을 달라고 아우성이었다. 대형트럭을 몰고 포항 전역에 대한 준법투쟁으로 점심을 건너뛰고 만 것이었다.

정말 난리가 났다.

울산지부의 경우 대오 점검을 하고 난 뒤 조합원들에게 못다 나누어준 빵과 우유를 배급하기 시작했고, 나머지 지회들은 제대로 지급이 되지 않아 한바탕 홍역을 치렀다.

그때 식당에서는 예의 김밥 300개를 배식하려고 준비하고 있었다. 뭔가 불길한 예감이 스치고 지나갔다.

"아뿔싸~ 잘못 배식했다가는 큰일 나겠다. 음…."

"배식조~! 배식조~! 김밥 배식 전면 중단 !!!"

상황실에서는 김밥 배식을 전면 중단시키고 배식조와 협의한 후에 다음과 같은 지침을 내렸다!

"빵과 우유를 배급 받은 조합원들과 직책을 맡고 있는 전 간부는 배식 금지합니다!"

"자신이 김밥 한 줄 몰래 더 먹을 때 다른 동지들 허기진 배를 움켜쥔다는 사실을 명심하십시오! 그리고 간부들은 이름만 간부가 아닙니다. 책임과 의무는 많고 권리는 하나도 없는게 간부 아닙니까? 자! 저 줄서 있는 대오 가운데에서 간부들은 전부 옆으로 빠져 주시고, 빵과 우유를 배급받은 동지들도 속히 빠져 주십시오! 모든 배식은 거꾸로 진행합니다."

이후 상황실 담당자들은 배식조 옆에 붙어서 해인사 출입문을 지키는 사천왕상의 그 부릅뜬 눈처럼 눈알을 부라리면서 간부들을 솎아내고, 줄을 서서 김밥을 받고 있는 조합원 한 사람 한 사람의 눈을 마주치면서 말없는 협박을 가했다. 빵 먹은 사람 김밥 먹지 말라고 고래고래 고함 치는 눈빛으로…. 내원 참~ 분위기 조금 살벌했죠~.

그런데 아무도 군소리 없이 질서정연하게 김밥을 배식 받았고, 배식이 끝난 후에도 상황은 아주 깔끔하게 정리되었다.

그때 내 귓등을 스쳐 지나가는 밉지 않은 투정소리가 있었다.

식당차와 조금 떨어진 곳에서 모 지회의 간부 한 사람이 너털웃음을 웃으면서 "간부할라면 단식부터 배워야겠네~"라고 하자 주변의 동료들이 같이 웃어주며 어깨를 어루만졌다.

가장 낮은 곳으로….

우리는 그 김밥의 이름을 '거꾸로 김밥' 이라 불렀다.

300개의 '거꾸로 김밥' 은 그렇게 우리 조합원들의 창자 속으로 들어갔고, 아마도 김밥으로 태어난 놈들 중에 가장 행복한 생을 마감했는지도 모른다. 서로 먹으려고 다투고 싸우다 옆구리라도 터졌다면, 얼마나 불행했겠는가?

사소한 하나의 일상 속에서도 혁명적 규율과 민주주의를 배워가고 또 실천했던 화물연대 동지들을 이 글을 마무리하고 있던 6월 7일 포항지부 3차 임시총회에서 다시 만났다. 내가 지나가는 물음으로 툭 던져 보았다.

"파업 마치고 집에 형수님들이 해주던 밥이 맛있던교, 아니면 식당조 나이 많은 성우지회 형님들이 퍼주던 국밥이 맛있던교?"

"말하마 뭐하노! 국밥이 훨씬 맛있다 카이~."

"김밥은요~?"

"하이고~ 그때 그 김밥 맛을 잊을 수가 있나~."

'거꾸로 김밥' 처럼 이놈의 세상 모든 것이 거꾸로 되어야 살맛이 날 것이다. 세상은 김밥을 닮아야 한다.

23. 200과 1098의 차이?

　5월 2일 파업 첫날 200여 명이었던 인원이 하루가 지날 때마다 평균 130여 명씩 늘어났다. 결국 5월 9일 파업 마지막 날 투표에 참가한 전체 조합원 숫자가 1098명이었다. 통상적으로 파업을 진행하게 되면, 조합원 숫자가 줄어 드는 게 일반적 현상이다. 게다가 금속사업장과 같은 현장에서는 대부분 출퇴근 파업이 일상화되어 사수조나 농성조, 그리고 지도부만 현장을 지킨다.

　그런데, 화물연대의 경우 훤하게 뻥뚫린 야외공간에서 숙식을 하면서 파업을 하는 악조건임에도 불구하고 일부의 이탈 외에 대부분의 대오가 비바람과 폭우에도 파업현장을 지켜 나갔다. 게다가 날이 갈수록 조합원이 점점 늘어났던 현상을 어떻게 이해해야 할 것인가?

　참으로 불가사의한 현상이다.

　꼭 맞다고 장담은 할 수 없지만, 필자나 주변 동지들의 견해를 종합해서 판단해 보자면, 대략 다음과 같은 이유라고 생각한다.

1. 화물연대 노동자들의 경우 하루 짐을 싣고 그 작업을 마무리하는 데 소요되는 시간이 대략 1~3일 정도 되기 때문에 최종 집결하는 데까지 일정한 시간이 필요했다.

2. 화물연대 파업의 파고가 높아가면서 눈치를 보고 있던 대부분의 화물운전사들이 작업 강행보다는 파업동참 쪽으로 분위기가 많이 쏠렸기 때문이다. 초기 통제권을 벗어난 상태에서 발생한 비조합원과 화물연대 조합원과의 격렬

한 마찰 등 몇 가지 사건이 포항, 경주, 영천 등 인근지역에 파다하게 소문이
나면서 화물기사나 알선사무소 사장들이나 지레 겁을 먹고 아예 작업할 엄
두를 내지 못했기 때문이다.

3. 아울러 시간이 점점 지나면서, 화물연대에 가입하지 않고는 향후 화물일을
할 수 없을 것이라는 위기감과 분위기가 전 지역을 감싸고 있었다. 이것은
결국 한시라도 빨리 조합에 가입해야 한다는 일종의 강박감마저 만들어 내
게 되었고, 이러한 실증적 예는 화물연대에 가입하기 위해 해방광장 언덕에
서 사수대에 막혀 줄을 서서 기다리고 있던 그 행렬이 웅변해주었다. 가입비
12만 원인 데도 불구하고….

4. 그리고 화물연대 교섭팀(운송하역노조 조직국장, 민주노총 경북본부장, 민주노
총 포항시협의회 교선부장, 법규부장, 화물연대 지회 교섭위원들)에서는 철저하
게 교섭하고 언론 브리핑하는 방식으로 대부분의 교섭상황을 아주 정밀하게
공개하고 있었기 때문에, 그 영향으로 인해 매일매일 또 매순간 순간의 상황
이 아주 상세하게 언론에 보도되었고, 이러한 내용을 접한 대부분의 화물노
동자들이 이번 싸움이 화물연대의 승리로 달려가고 있다는 일종의 확신을
가지지 않았나 판단하고 있다.

5. 부분적이긴 하지만, 대부분의 화물노동자들이 학연, 지연 등 아주 다양하게
얽혀 있다는 것이다. 동네 선후배지간은 말할 것도 없고 다 개인적인 친분
또는 연관을 가지고 있는 경우가 많아서 화물연대의 상황이 입소문을 통해
다양하게 전해지면서, 가입하지 않으면 왕따당하는 분위기가 그들 내부에
형성되었다.

실제 200과 1098의 차이는 898이라는 숫자상의 차이가 있다. 그러나 200
이 500을 넘고 1000을 넘어 서고 있을 때 숫자의 의미는 단순 증가가 아니라

포항 1지회 사람들(코일, 철판 등을 주로 싣는 개미 조합원)

이미 화학반응을 일으키면서 세상을 변화시키고 있다는 것을 우리는 알고 있고 또 경험했다.

200과 1098의 차이는 아라비아 숫자 898

200과 1098의 차이는 세상을 바꾸는 파괴와 건설의 힘!

200과 1098의 차이는 우리 스스로를 노동계급으로 자각하게 해준 빛

200과 1098의 차이는 노무현 정권의 본질을 폭로하게 해준 사건

200과 1098의 차이는 보수정당과 진보정당의 차이를 확인하게 해준 리트머스 시험지

200과 1098의 차이는 불안에서 환희로 인간의 감정을 변화시킨 엔돌핀

200과 1098의 차이는 9시 뉴스를 장악하게 한 노동자의 힘

200과 1098의 차이는 해방을 향한 진군!

포항 2지회 사람들(선재 등 기타 제품을 주로 싣는 개미 조합원)

24. 끝나지 않은 투쟁 — 개미와 BCT

    화물연대 포항지부의 조합원 구성은 대략적으로 대형운송업체로부터 직접 물량을 받는 운송사 조합원들과 운송업체에서 알선업체에 위탁한 짐을 싣는 개인 화물차들로 이루어진 개미군단으로 나누어진다. 상대적으로 동국통운, 동방, 성우, 로얄, 삼한, 천일 등의 주요 운송업체 소속 조합원에 비해 개인화물노동자들은 더 열악한 작업조건과 운송비를 받으면서 일해 왔다.

    2003년 5월 화물연대 포항지역 투쟁은 포스코를 중심으로 한 화주업체 및 운송업체로 대변되는 자본과 화물연대 노동자들과의 계급투쟁이었다. 그 과정에서 여러 가지 운송조건의 향상을 비롯한 운송료 인상이 합의, 타결되었다. 그러나 문제는 그 합의한 내용이 메이저 운송업체와 운송사 소속 화물연대 조합원들과의 합의였지 개미군단이라 불리는 개인 화물차에게까지는 적용이 되지 않았다는 데에 있었다.

5월 9일 화물연대 파업투쟁이 마무리되자마자 수십 개에 달하는 소규모 운송업체와 다단계 알선업체 사장들과 개미들과의 전쟁이 발발했다. 하루에도 몇 군데씩 포성이 멎는 날이 없었다.

지도부는 애초 법적 책임을 묻지 않겠다던 약속을 뒤집고 눈까리를 확 까뒤집은 채 검거하려고 혈안이 되어 있는 검찰과 검찰의 녹색사냥개인 경찰 정보팀의 검거를 피해 바닷가와 산 속 안가로 이동해 있는 상황이라 그야말로 수습이 되지 않는 무정부상태였다. 자연발생적으로 운행을 중단하고, 전투를 치르는 곳이 계속해서 늘어나기 시작했다.

하지만 1주일이 지나고, 보름이 지나면서 상황은 수습 국면을 맞이했다. 운송업체 사장들이 알아서 기기 시작했다. 기본 타결 내용을 모범안으로 스스로 합의해 들어가기 시작했고, 또 임시 지도부에서는 모범안에 준하는 합의를 끌어내기 위해 한편으로는 윽박지르고, 다른 한편으로는 교섭을 통해 상황을 정리해 나갔다. 문제는 부두 항만 하역작업을 주로 하는(한진, 대한통운) 개미들과 BCT였다. 다시 한 번 항만 쪽 개미들의 별도 요구안을 만들고, 투쟁의 깃발을 세워 올렸다.

얼마후 BCT가 타결이 되었고(BCT의 경우에는 원래 다 타결되었던 내용인데, 내부 보안과 적들의 교란으로 일시 주춤하다 타결 됨) 항만쪽 개미들을 중심으로 화물연대 항부지회(항만부두지회)를 결성했다. 투쟁의 대오는 항부지회를 중심으로 해서 약 1주일 간의 연속파업으로 새롭게 요율을 비롯한 제반 근로조건을 구체적으로 합의하곤 마무리지었다. 이 과정에서 5월 5일 포스코 3문을 틀어막았던 주요 대오인 대한통운의 하청업체인 대한통상의 조합원들이 큰 힘을 발휘했다. 이렇게 투쟁은 마무리되었고, 합의서를 작성하였다.

하지만 5월 중순의 그 합의서는 현장에서 지켜지지 않았고, 화물연대 조합원이라는 이유로 배차거부를 하고, 조합 탈퇴공작을 하는 등 전방위적으로 노조 깨기 공작이 가시화되었다.

그러나 두 달이 지난 7월 7일 전국 동시다발 화물노동자 결의대회에서 포항 화물노동자들은 화물연대 조합을 깨기 위해 '근화'라는 새로운 운송업체를 만들고, 화물연대 탈퇴를 전제로 그곳에 입사하기를 종용하면서 화물연대 파괴공작을 펼치던 대한통운을 엎어버리기 위해 다시 한 번 목소리를 높였다.

7월 7일 대한통운 앞, 폭우가 쏟아지는 상황에서도 집회에 참여한 700여 조합원들은 미동도 하지 않은 채 대한통운과 맞선 전면전을 경고하면서 구호를 외쳤다.

"개새끼 호로새끼 대한통운 박살내자!"

"화물연대 탄압하는 대한통운 박살내자!"

7월 9일 항만지회는 45명 투표자 가운데 41명의 노동자가 파업에 표를 던졌다. 다시 한 번 파업의 깃발이 올랐던 것이다. 이 소식은 언론사와 조합원들에게 급히 전달되었고, 지도부에서는 일단 대한통운 앞에 농성 천막부터 치기로 했다. 그때였다. 다급한 대한통운에서 연락이 왔다.

"제발 교섭 좀 합시다!"

게임은 싱겁게 끝나 버렸다. 우리의 KO승이었다. 7월 9일 저녁 재합의서에 도장을 찍고, 우리는 투쟁의 깃발을 내렸다.

이번 합의서에서는 이후 작업량이 설사 늘어나더라도 배차물량에 대해 화물연대와 협의, 조정을 통해 배차하기로 하는 등 결정적인 요소인 배차에 대한 부분까지 언급됨으로써 더 큰 성과를 남겼다고 할 수 있다.

한편, '한진'(우리나라 5대 메이저 운송업체)에서는 다른 식으로 문제가 터졌

지켜지지 않는 약속에 다시 일어선 화물연대

고 또 다른 식으로 문제가 해결되었다. 배차과장이라는 놈이 칠십이 넘은 우리 화물연대 조합원에게 개새끼, 십새끼 등 쌍소리를 하고 지 맘대로 배차를 하는 등 원성이 자자했다. 한진에서 짐을 싣는 우리 조합원들은 운송료가 안 올라도 좋으니 배차과장 저 놈 모가지는 반드시 날려야 되겠다고 주장했다.

한진 역시 차를 세우고 한 판 붙기로 결정하자마자 사측에서 먼저 문제가 된 배차과장을 대기발령시키고 영업본부장이 사과를 해왔다.

우리는 8일 간의 파업투쟁을 넘어 두 달이 넘은 지금까지 투쟁이 지속되는 상황을 보면서 다시 한 번 많은 것을 느꼈다. 투쟁하지 않는 순간, 투쟁을 멈추거나 머뭇거리거나 후퇴하는 순간 생명과 삶 자체가 후퇴한다는 사실을 우리들의 뇌리에 새롭게 각인시키는 과정이었다.

화산은 결코 갑작스레 폭발하지 않는다. 끊임없는 크고 작은 활동과 연기를 내뿜으면서 대폭발을 예고하는 법이다.

25. 화물연대 파업투쟁의 최대 수혜자, 민주노총과 민주노동당

　8일 간의 화물연대 파업투쟁에 있어서 최대의 수혜자(?)라고 한다면 그야 당연히 민주노총과 민주노동당이라고 생각한다. 함께 호흡하고, 함께 먹고, 자고, 울고, 웃고, 또 함께 투쟁하고….

　그들은 우리를 자기들과 동일시했고, 우리도 그들을 우리와 같은 운명이라 생각했다.

　8일 간의 파업투쟁 속에서 화물연대 노동자들은 민주노총과 민주노동당에 한없는 연대와 사랑의 마음을 보내주었다. 그 정이 너무 넘쳐서 때론 미안하고 겸연쩍기도 했던 사례 몇 가지만 소개하겠다.

　해방광장에 진입하기 위해서는 반드시 통행증이 필요했다. 심지어는 투쟁의 중심이던 지부장에게조차 통행증을 제시하라고 했을 정도였다. 하지만, 바탈(민주노총 경북본부장 겸 민주노동당 경북도지부장)과 나, 그리고 살인미소에게만은 유독 물(?)경계였다.

　뿐만 아니라 그들은 우리들에 대해 몸짓과 말투가 변해 있었다. 칠십이 가까운 조합원들이 단 한 차례도 우리들에게 하대를 하지 않고 존댓말을 사용했다. 사실 이 말투 때문에 우리는 너무너무 불편했다. 아버지뻘 되시는 분들이 모자를 벗고 고개를 숙인 채 우리들에게 존댓말로 말을 건넨다고 생각해 보라!

　아침은 식사가 준비되지 않아서 매일 컵라면을 먹었다. 그런데 그 컵라면을 그냥 먹지 않고 냄비에 끓여서 먹으면 일반라면보다 더 맛있다는 것은 자취를 오래했거나 자칭 미식가(?)라는 사람들은 다 알고 있는 사실이다. 그래서 성우지회를 중심으로 식당을 담당하고 있던 배식반 동지들은 아침에 항상 자신들만의 특권(?)으로 컵라면을 끓여서 먹었다.

그런데 팔자 좋게 나도 파업 첫날을 빼고 대부분의 아침을 끓인 컵라면으로 먹을 수 있었다. 연대투쟁 나온 동지들에 대한 그들의 사랑은 무한한 것이었다. 아예 식당차 앞에 가면, 끓인 컵라면을 준비해 두었다가 따로 배식을 해줘서 일반 배식을 받는 조합원들에게 몸둘 바를 몰랐던 적이 한두 번이 아니었다. 사실 우리들이 원했던 것은 이런 것이 아니었는데 송구스러울 따름이었다.

한편 한 달이 지난 6월 7일 임시총회 때 화물연대 조합원들은 30분만에 민주노동당 가입원서를 70장이나 써 주었다. 통상적으로 입당원서 에러율(계좌번호 오기 또는 깡통계좌)이 3분의 1 정도가 되는데 화물연대 조합원들의 가입원서에 기재된 계좌번호는 오류가 단 한 건도 발생하지 않았다. 진보정당의 진정한 주인이 그들이 아니고 누구이겠는가.

단 한 건도 없었다… 정말!

민지네(http://minjine.net) 댓글 모음

깡통

(03-07-14, 19:12) BC (벌크트럭) 시멘트 실어나르는 차입니다.

오늘 전면적으로 파업에 들어갔다고 합니다.

깡통도 일이 없겠지만 꼭 승리하기를 빌어봅니다.

질긴놈이 승리한다. 투쟁~~!

질풍노도

(03-07-14, 22:02) 간부로서의 모범을 이야기한 '거꾸로 김밥'과 '200과 1098의 차이'가

특히 인상적이네요. ^^

앞으로의 연재도 애타게 기다리고 있습니다. ^^

바다

(03-07-14, 23:17) 드디어 연재가 시작되는군요. ^^

에!~ 근데 사진이 없어 조금 섭섭해요. -.-;;

소한님 수고하십니다.

다음 글 또 기다릴게요….

구르는 천둥

(03-07-15, 08:57) 개미가 뭉쳐 맘모스를 박살내는 장면 시원— 후련합니다.

우≳ 그리 생동감 있게 현장의 모습들을 리얼리틱(?) / 사실적으로 하시는지, 안 봐도 비디

오군요. 저도 그때 해방광장을 지나면서 한 번 몰래 가보고 싶었는데,

용기가 없어서리…. 그리고 너무 어마한 일이라 도울 길이 막연해서.

이마트 근처를 지나면서 늘 마음 속으로 외쳤죠.

"화물연대 화이팅, 승리의 여신은 우리에게 미소를"이라고요.

어쨌건 자랑스럽습니다. 우리의 든든한 소한님.

ookk

(03-07-15, 09:38) 소한님 안녕하세요?

글 잘 읽었습니다. 제가 포항투쟁의 현장에 있었다는 게 자랑스럽군요.

역시 우리는 모두가 영웅입니다.

마지막까지 소한님이 단상에서 소리치시던 모습 영원히 잊지 못할 것입니다.

항상 건강하시고 행복하시길 빕니다.

진보누리(http://jinbonuri.com) 댓글 모음

파란노트

우와 반갑습니다. 소한님 팬입니당. ^^

소한

정말 부끄럽습니다.

저는 단지 그 진하고 감동스러웠던 포항화물연대 동지들의 투쟁을 전할 뿐입니다.

감옥에 계신 동지들이 늘 마음에 걸려 아프군요.

하지만, 즐겁게 그 투쟁을 읽어주시는 분들이 있어 기운이 납니다.

감사합니다.

진진

참 감동적이네요. 많은 운수 노동자들이 이 글을 봤으면 좋겠습니다. 투쟁은 단련이고 교육입니다.

화물연대 파업투쟁, 8일 간의 기억——완결편

김달식 지부장. 그는 때로 덤프처럼 저돌적이었지만, 카고 크레인처럼 모든 사안에 대해 누구보다 신중했다

27. 어용(?)에서 당당한 투사로! 김달식 지부장에 대하여…

2003년 5월 화물연대 포항지부의 투쟁은 많은 한계와 아쉬움에도 불구하고 계급투쟁의 엄청난 폭발력을 드러내면서 남한 노동운동사에 하나의 큰 획을 그었다. 그 투쟁의 가장 한복판에 서서 투쟁을 지도하고 온몸으로 투쟁을 이끌었던 투쟁의 구심은 당연하게 김달식 포항지부장이었다.

지금은 경주 내남 교도소에 수감되어 재판을 받고 있는 화물연대 포항지부장 김달식 동지를 내가 만난 것은 정확히 10년 전이었다.

나는 1994년 1월 노동운동에 복무하겠다는 야무진 꿈을 안고 정든 고향 대구에서 포항으로 소위 '현장이전'을 했다. 당시 소속되어 활동하던 〈포항

134

노동자협의회〉에서는 94년 여름 신규
노동조합을 설립했었는데, 강원산업(현
재 INI steel)의 운송전담 계열사인 동화
상운이었다.

　그 당시 동화상운의 어용 상조회 회
장이 김달식 동지였다. 공교롭게도 그
는 동화상운 노동조합을 반대하는 세
력의 수장(?)으로 활동하고 있었다.

　강원산업 노동조합의 간부들이 김달
식 동지를 불러 주의와 경고도 보내면
서, 노동조합 분열 행동을 중지할 것을
요구하기도 했다. 그러나 얼마 못가 동화상운 노동조합은 노동조합 내부의
분열과 자본의 교란전술로 인해 뿔뿔이 흩어지면서 해산되었다. 김달식 동
지로 인해 노동조합이 깨진 것은 아니었지만, 좌우간 김달식 동지가 노동조
합에 반하는 행위를 한 것만은 분명한 사실이었다. 흔히 이야기하는 어용이
었던 것이다.

　그러던 김달식 동지가 한 어린 노동자의 죽음 이후 삶의 전환을 이루었다.

　노조가 해산된 얼마 후 동화상운 노동자들 사이에서 '막내'라고 불리던
가장 어린 노동자 한 명이 사고로 죽었다. 사고 당시 회사와 유족 사이에 교
섭이 진행되었는데, 이 과정에서 회사의 기만적인 태도와 비인간적인 처사
에 분노한 노동자들과 함께 김달식 동지도 상조회를 중심으로 회사에 맞서
투쟁하게 되었다. 동료의 주검 앞에서 김달식 지부장은 자본의 더러운 본질
을 깨닫게 되었고, 이때부터 180도 달라진 인생을 출발하겠다는 각오를 하
게 되었다.

잠정합의 후 조합원에게 큰절을 하는 김달식 지부장

2002년 월드컵의 함성으로 한반도가 떠들썩할 때 김달식 지부장은 화물연대 가입원서를 들고 일일이 고속도로 휴게소와 국도변 주유소, 그리고 개미군단이 있는 운수업체를 찾아다니면서 운수노동자를 설득하고 돌아다녔다.

아마 노련한 활동가들도 이 작업을 할라치면 진이 빠지고 넌더리가 나 포기할 만큼 어려운 일이었다. 뿐만 아니라 김달식 지부장은 추풍령 휴게소에서 휴게소 사장이 화물연대를 무시하고, 화물차 기사들을 우롱하는 처사를 보다 못해 아예 지나가는 모든 차량에 연락해서 고속도로를 세워 버리기도 했다. 이런 투쟁을 통해서 김달식 지부장은 철없던 어용의 껍질을 깨고 새롭게 투사로 당당히 단련되었다. 포항 사투리로 '쇳덩이'라는 별명을 가진 이 자랑스러운, 키 160이 채 되지 않는 자그마한 체구의 노동자가 10년만에 어용노동자에서 한반도를 뒤흔든 투사로 다시 나타난 것이다.

2003년 3월 민주노총 포항시협의회 사무실에 정말 쪼그마한 한 사내가 들어왔다.

136

김 달 식!

우리는 눈과 귀를 의심했다. 노동조합에 맞서 싸우던 어용노동자가 10년의 세월을 넘어 화물연대의 지부장이 되어 금의환향(?)했던 것이다.

'쇳딩이'의 이야기는 의외로 간단했다. 3월 화물노동자 결의대회를 포항에서 하고자 하니 민주노총 포항시협의회한테 많은 지원을 부탁한다는 것이다. 3월 화물노동자 포항결의대회는 그렇게 '쇳딩이'의 요구로부터 시작하여 4월 전국적 순회 결의대회, 5월 메이데이 투쟁, 5월 총파업 투쟁으로 가는 교향곡의 서곡이었다. 그리고 그 교향곡의 지휘자는 카라얀이 아니라 10년 동안 자신을 담금질한 우리의 '쇳딩이'였다.

얼마 전 경주 내남 교도소에서 김달식 지부장으로부터 편지가 왔다. 바쁘다는 핑계로 아직 답장을 하지는 못하고 겨우 면회만 한 차례 했다. 김달식 지부장이 10년 전 어용에서 얼마만큼 노동해방 투사의 모습으로 변했는가는 바로 이 편지의 내용에 고스란히 녹아 있다. 그 편지의 전문을 소개하고자 한다.

투쟁 1

(이 문구는 편지지 오른쪽 윗부분 페이지에 쓰여 있는 글귀입니다. 김달식 동지는 페이지 숫자도

이제 투쟁으로 적고 있습니다)

안녕하십니까?

배부장님 더운 날씨에 조직하느라 고생 많으시죠.

배부장님의 컬컬한 목소리 정말 많이 생각납니다.

단상에서 늠름한 님의 모습 정말 가슴 따뜻한 사나이라고 느꼈습니다.

이곳에 온 지도 10여 일이 지났네요.

6월 11일 남부 경찰서 조합원 동지들과 자진출두해서 8일 간 경찰조사 투쟁을 마치고 6월 19일 경주 내남교도소 이송, 6월 30일까지 지긋지긋한 검찰조사, (Ne Me C 8, 정말 욕이 절로 나온다)

머리털 나고 경찰서 유치장에서 교도소까지 짧은 시간을 보냈는데 정말 우리 조국 대한민국은 자유민주주의라는 말을 함부로 쓸 게 못되더군요.

능력 있고(돈) 힘 있고(조직력) 빽 있는 사람은 쉽게 들어와 쉽게 빠져나가고 그렇지 않는 사람들은 전 재산을 털어 변호사 사고 공탁하고 보석 신청하며 돈으로 때워야 합니다. 교도소에 자유를 영치시키고 화장실 드나드는 것 외에는 내가 원해서 할 수 있는 것은 하나도 없다는 것. 또 세상에 모든 것들은 자유롭다 하지만 전적으로 믿으며 신뢰할 수 없다는 점도 함께 느끼게 됩니다. 이런 것들이 내가 원하지 않아도 서서히 하나씩 숙지가 돼요.

고로 이곳에서 정말 人生을 새로 맛보는 것 같아요.

새로운 인생. 이곳에서 나가면 나는 이런 인간이 되겠다고 혼자 각오로 어금니 물어 봅니다.

힘없고 가난한 노동자, 열심히 일하고도 노동의 댓가를 받지 못하고 노예처럼 살아가는 노동자를 대변하고 앞장서서 최선을 다해 노동해방을 위해 끝까지 앞장설 것이다라고 다짐하고 또 다짐합니다.

이곳 생활도 투쟁이라는 각오로 하루하루 생활하고 있기에 살아가지만 다른 죄로 이런 곳에 들어온다면 나는 차라리 혀를 물고 죽을 것입니다. 정말 숨조차 쉬기 어려울 정도로 갑갑한 것이 내 성격에는 전혀 맞지 않는군요.

하지만, 지금 제가 생활하는 방 식구들이 좋고 담당, 부장, 근무자 모두가 친절하게 대우해 주고 있어 그나마 환경에 적응되어 가고 있습니다.

배부장님,

이제 정말 시원한 맥주가 생각나고, 푸른 바다와 싱그러운 회색 하늘이 그리워집니다. 이렇게 더울 때 바닷가 방파제에 앉아서 회 한 접시 시켜놓고 쇠주 한 잔, "카아~" 생각만 해도 짜릿하지 않습니까?

어제 TV 녹화되어 있는 방송을 보는데 로얄 상운지회 소속 분회장 이종춘 씨가 곰장어 구이 특미 방송에 얼핏 나오더군요. 곰장어도 맛있게 보였지만 우리 동지인 이 분회장 얼굴 보니까 한결 더 사회가 그립고, 가족들과 자주 시간 내어 놀러 다니지 못했던 것들이 미안해져 왔습니다.

이상하네요. 평소에는 크게 신경도 못 써줘도 죄책감이 들지 않았는데 이곳에서 생활한 지 얼마 되지도 않아 가족에게 엄청 미안해서 죄책감까지 들더군요.

이곳에서 나가면 가족에게 더욱 잘해야겠다는 생각이 드는군요.

이런저런 생각과 걱정 틈틈이 독서 등등을 하다보면 하루라는 시간이 금방 흐르고 또 하루가 금방 흐르면 한달이 금방 흐를 것 아닙니까?

그렇게 되면 사회로 나가는 날도 빨라지겠지요?

하여간에 이번에 좋은 경험한다고 생각합니다.

이곳에서는 4.7평 방에 총원 19명이 생활하고 있어요.

상상을 초월하는 생활이지만 그래도 그나마 잘 살아간답니다.

지금 저는 방에서 열외되어 아무것도 하는 일이 없어요.

그래서 좀 따분한 게 흠이었는데 어제 회의를 하면서 방에 너무 규율이 없다고 저를 규율반장으로 임명하더라구요.

죄명이 폭력 정도만 되어도 제대로 폼나게 징역 살아가는데 죄명도 죄명이지만 민주노총 전국운송하역노조 화물연대 포항지부장의 명예가 있기에 하루하루 점잖게 보내고 있습니다.

배부장님도 민주노총 포항시협의회에서 베테랑이지만 저는 사람들 시키고 내 편으로 만드는 데 베테랑 아닙니까?

지금 생활을 인생공부 차원이라고 보며 더욱더 열심히 공부해서 조합원에게 큰

힘이 되어주고 그늘이 될 수 있는 그런 지도자로 거듭나기 위해 열심히 노력하
며 공부하겠습니다.

참 엊그제 본부장님 면회 오셨던데 여전히 자상하게 우리 화물연대에 힘을 많이
실어주고 계셔서 정말 다시 한 번 시협의회 가족 동지 여러분께 감사드리는 마
음이었습니다. 총무부장 여성동지 살인미소 숙향 동지에게도 안부 전해 주세요.
언젠가는 당당하게 서로 만날 날을 꿈꾸며 오늘 두서 없이 작성한 글 이해롭게
읽고 봐주세요

항상 노동자 계급 사회를 위해 투쟁하는 모든 동지의 건강과 행운을 기원합니다.
투쟁 !

2003년 7월 4일

민주노총전국운송하역노조화물연대포항지부장 김달식 올림

추신 : 8일 간의 기억에 이어 제가 매일 일기를 쓰고 있거든요. 배부장님하고 합작,
책 한 권 만들어 봅시다. ㅎㅎ

작렬하는 여름 태양과 무더위에 맞서 감옥에서 지내고 있을 '쇳덩이' 가
무척이나 그리워진다.

부부는 서로 닮아간다고 했던가?

부창부수라, 정말 맞는 말이다.

7월 7일 화물노동자 전국 동시다발 결의대회가 포항에서도 힘차게 열렸다. 5월 함성을 다시 한 번 재현하기 위해서인 듯 해방광장 언덕에서 집회를 개최했다.

'쇳덩이'의 아내 '또 다른 쇳덩이'의 편지는 그날 집회에 참가한 700여 화물연대 조합원과 민주노총 간부들의 눈물을 완전히 쏙 빼내고야 말았다. 그 아내의 편지 전문도 소개하고자 한다.

사랑하는 나의 달식 씨….

첨엔, 그저 원망과 미움으로 가득 차 달식 씨에게 이 세상에서 가장 무지한 짓을 하고 말았던 제 자신이 얼마나 원망스러웠는지 모릅니다.

그거 하면 돈은 언제 버느냐고 알지도 못하고, 알려고 하지도 않았던

제 무지에 달식 씨가 받았을 상처를 생각하니 부끄럽기 짝이 없습니다.

가족이 젤 든든한 후원자이자 동반자인데 그 역할을 제대로 해주지 못해 지금도 아쉽습니다. 하지만 그땐, 혼자서 만삭된 몸으로 가계를 꾸려야 했고, 남들 신랑 손 잡고 태어날 아기를 위해 출산 준비하는 모습을 부러워하며 혼자서 출산용품을 고르러 다녀야 했고, 남들이 태교음악 들을 때, 전 '임을 위한 행진곡'을 들어야 했습니다.

출산 예정일에도 엠블란스가 먼저 왔고 백일엔 과천투쟁을 떠난 신랑을 원망하

며 백일떡도 없이 진한이를 부둥켜 안고 울어야 했습니다.

그러나 달식 씨는 그런 투정을 하는 제게 오히려 화를 냈었죠….

"당신 같은 사람들 때문에 이 땅의 노동자가 죽어 갈 수밖에 없다"고.

제가 죽어가는 줄은 모르구요…. 전 죽어가고 있었습니다.

가정의 행복이란 것에 목말라 죽어가고 있었고, 이제 갓 태어난 진한이에게 아버지의 사랑을 주지 못하는 죄스러움에 죽어 가고 있었습니다.

오월의 해방광장에 씌여진 역사가 있기 전까지 말입니다.

하지만, 이제는 제가 보고 싶을 때 언제든지 볼 수 있는 나의 사람이 되어 있는 것 같아 저는… 지금… 행복합니다… . 일 때문에 서로 얼굴 볼 시간도 없이, 집에 들어온다 해도 피곤함에 지쳐 쓰러져 잠만 자고, 밤을 세워 달려야 하는 고된 하루 하루를 묵묵히 일관해 오던 달식 씨였는데…. 이젠 차가운 콘크리트 무덤 같은 교도소이지만 목숨걸고 달리지 않아도 된다 하고, 짧지만 나만을 바라봐 주며 얘기할 수 있게 된 이 시간이 저는 정말 행복하기만 합니다.

동지 여러분께서는 희생이라 말씀하시지만 저에게는 일생에 다시 올 수 없는 행복이란 생각이 듭니다.

이 시간이 없었다면 달식 씨는 혹 죽음의 고속도로에 내몰려 두 다리 뻗고 잠다운 잠 한 번 자보질 못한 채 불의의 사고로 생을 마감했을 수도 있습니다. 그저 흔적도 없이 사람들의 뇌리에서 사라져 갔을지도 모릅니다. 그렇게… 우리의 행복도 같이….

달식 씨! 이제는 더 크게 소리 치세요!

그저 인간답게 살수 있는 생존권을 보장해 달라고요.

이젠 달식 씨 곁에서 이보다 더 큰 어려움이 있다 해도 견뎌내 보렵니다.

달식 씨, 저, 그리고 진한이가 웃음을 되찾고 살 수 있을 때까지 끝까지 투쟁하십시오!

달식 씨 곁엔 화물연대 여러분들의 거대한 방패가 있으니 뽑아든 창을 내던져

이 나라가 바로 설 때까지 열심히 투쟁하세요!!

곁들여 건강에도 유념하시구요~. 그럼 이만….

투쟁!

부창부수라~ 참으로 가슴에 와 닿는 사자성어입니다.

29. 못다 한 이야기

  5월 투쟁에 참여했던 모든 사람들은 이렇게 가슴 벅차고, 뼈저리게 반성하고, 새롭게 투쟁의지를 재충전받을 수 있었던 싸움의 경험은 없었다고들 한다.

  이 신비로운 경험을 함께 하고, 또 함께 투쟁의 교향곡을 연주하였던 많은 연주자들이 있었으니, 지면을 빌어 잠시만 소개하고자 한다.

  위 세 명의 구속동지를 제외하고 또 다른 세 명의 조합원이 구속되어 있다(총 6명 구속). 이들 이외에 이번 투쟁을 가장 선두에서 진두지휘한 민주노총 경북본부 본부장 김병일, 산안부장 손두현, 교선부장 김용식(이상 민주노총 화물연대 교섭위원).

  그리고 떠오르는 또 하나의 이름 윤·창·호 동지! 우리들의 기억에 아직도 생생한 부산 동의대 사건의 주범으로 몰려 수년 간을 감옥에서 보내고, 다시금 운동의 전선에서 힘차게 복무하고 있는 전국운송하역노조 조직국장이다. 교섭을 처음부터 마지막 순간까지 이끌었던 실질적인 교섭팀장이었다.

  경찰 쪽에서는 5월 5일 포스코 3문 봉쇄의 주범으로 윤창호 동지를 지목하여 소환장을 보내기도 했다. 사실 그 순간 윤창호 동지는 교섭을 하고 있었다. 교섭과 공투본 회의, 그리고 현장 투쟁 지도까지 1인 3역을 하면서 팔방미인으로서의 능력을 유감없이 발휘했던 동지다.

  5월 9일 교섭에서 잠정합의안이 만들어지고 교섭에 들어갔던 윤창호 동지를 비롯해 김병일 본부장 등 많은 동지들이 해방광장으로 달려왔다.

김종인 전국운송하역노조 화물연대 의장

선봉대장을 맡았던 최춘태 BCT 지회장의 포스코 3문 앞 활동 장면

　해방광장에 모여 있던 1098명의 조합원들에게 윤창호 동지는 그간에 있었던 교섭 상황을 구체적으로 설명하기 시작했고, 조합원들은 정말 숨죽여 들었다. 그 드넓은 야외 광장에 사람 숨소리와 간간이 풀벌레소리, 그리고 해방광장 옆을 지나 바다로 흘러가는 강물소리만 들릴 뿐이었다.

　윤창호 동지의 교섭안 설명에 이어 잠정합의안이 가지는 의미에 대한 김병일 본부장의 선동이 끝나고, 우리는 이제 모든 것을 조합원들에게 맡기기로 하고, 투표 준비를 하고 투개표 작업에 돌입했다.

　투개표가 진행되는 동안 약 1시간 동안 필자는 선동과 사례, 노래, 율동을 번갈아 가면서 진행했다.

　마침내 개표가 끝나고 잠정합의안이 통과되었다는 발표 후, 밀려오는 피곤과 이름 모를 허탈감에 빠져 단상을 내려오는데, 몇 발짝 앞에서 윤창호 동지가 함박 미소를 머금은 채 두 팔을 벌려 나를 포옹해 주었다.

　한없이 따뜻한 가슴이었다. 아무 말도 하지 않았지만 서로가 서로를 격려

김병일 민주노총 경북본부 본부장

김용식 민주노총 포항시협의회 교선부장(화물연대 교섭위원)

잠정합의안을 설명하고 있는 윤창호 동지

투쟁을 함께 이끌었던 전체 간부대오

하고 진한 동지적 애정을 느끼는 순간이었다. 그날의 포옹은 상대방에 대한 무한한 신뢰를 다른 어떤 것으로는 표현할 길이 없는 순간 우리가 택하는 가

146

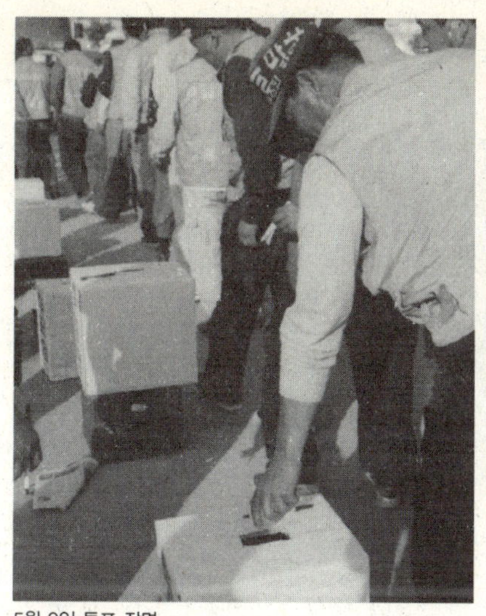

5월 9일 투표 장면

5월 9일 개표 장면. 민주노동당과 민주노총의 임원들이 개표를 하고 있다

장 원초적인 행동이었다. 그날 새벽 윤창호 동지는 포항의 해방광장을 뒤로 하고 이제 그 화려한 정점을 향해 치닫고 있던 부산 화물투쟁의 불덩이 속으로 다시금 뛰어 들어갔다.

5월 9일 포항 대투쟁이 마무리되고 난 후 투쟁의 본격적인 열기는 이제 부산으로 넘어갔다. 하지만, 포항에서는 마무리 되지 않은 대투쟁의 후폭풍이 몰아치고 있었다. 바로 BCT 투쟁이었다. 이 투쟁과 관련해서는 바탈님의 글로 대신하고자 한다.

분노!

— BCT 투쟁 마무리에 부쳐

들불처럼 타올랐던 포항화물연대 투쟁이 지난 9일 협상이 타결되면서 일단 마

5월 9일 마지막 사회를 보고 있는 필자

무리되었으나, 당시 약 40여 명의 시멘트 업종 화물노동자(BCT 지회)들은 합의 되지 않은 채 시멘트 3개사(한국시멘트, 쌍용, 동양) 입구에 천막농성을 유지하며 벌크시멘트 트레일러의 출입을 통제하는 투쟁을 전개했다.

지역업체인 한국시멘트는 10일 합의서에 서명했고 이어 12일 동양시멘트도 굴복하고 서명을 했지만 쌍용은 끝까지 버티며 화물연대 BCT 지회 동지들과 대치했다.

14일 안동에서 돌아오는 시간, 결국 쌍용이 승복하겠다는 의사를 통보받았다며 현장을 지휘하고 있는 동지에게서 연락을 받았다. 15일 예정되었던 집회는 승리 보고대회로 하겠다는 연락을 받고는 문제가 완전히 해결되었다고 생각하며 안도했다. 화물연대 포항지도부를 비롯해 많은 동지들이 부산투쟁에 결합해 있던 관계로 고립된 투쟁을 전개하는 BCT 동지들을 걱정했는데, 문제가 해결되어 다행스럽게 생각했다.

마침 포항공항의 비행기 결항으로 서울 출장 일정이 취소되어 가벼운 마음으로

148

5월 9일 해방광장에서 개표가 진행되는 동안 전체 선동과 노래, 구호, 율동에 맞춰 즐거워하는 조합원들

화물연대 보고대회에 참석했다. 그런데 현장에 도착해 보니 이게 웬일인가. 경찰들과 한바탕 몸싸움이 벌어지면서 팽팽한 긴장이 유지되고 있었다. 예정되었던 집회시간이 되어 대오를 집결시키고 집회를 시작했다. 그런데, 역시 자본가 놈들은 믿을 놈들이 아니었다. 대표가 아니라 물류운송 책임자가 서명하겠다고 버티는 바람에 협상이 결렬되고 빈손으로 나왔다는 교섭위원들의 보고를 듣는 순간, 화가 머리끝까지 솟구쳤다.

지난 10일부터 몇 차례 약속을 번복하며, 기만하는 쌍용! 도저히 용납할 수가 없었다. 협상타결을 기정 사실로 알고 있다가 결렬을 통보받은 조합원들의 얼굴에는 실망과 분노가 교차되었다.

즉석에서 마이크를 넘겨 받은 나는 도저히 이 상황을 참을 수가 없었다.

"우리를 기만하고 있는 놈이 도대체 어떻게 생겨먹은 놈인지 쌍판때기를 봐야겠습니다. 동지들! 지금부터 집단 면담 투쟁에 돌입합니다"

기다리고 있던 화물연대 동지들이 앞장섰다. 대오를 이끌고 쌍용 포항지사 정문으로 돌진해 나갔다.

조합원들의 얼굴에는 분노가 이글거리고 있었다. 정문 앞에 다다르자 대오 안에서 날아간 달걀이 경비실 유리에 "퍽! 퍽!" 박혔다. 대오를 재정비시킨 채 마지막 경고를 한 뒤 교섭위원들을 들여보냈다.

당황한 쌍용은 허겁지겁 합의서에 도장을 찍었다.

우리는 결국 승리했다. 다시 대오를 집회장으로 이동시켜, 승리보고대회를 마무리 했다. 화물연대 동지들의 얼굴엔 승리의 환희가 가득했고, 전체 국민들의 관심이 집중되었던 포항화물연대 투쟁은 완전히 마무리되었다.

집회가 끝난 후 우루루 몰려와 앞다투며 손을 맞잡고 고맙다는 인사를 하는 동지들에게 둘러싸여 생동하는 민중의 새로운 희망을 느낄 수 있었다.

해방광장의 모습 — 인덕구장이라 불리는 축구장

30. 투쟁이 끝난 해방광장에 서서…

필자는 가끔 해방광장을 지나면서 문득 그 뜨거웠던 5월이 생각나서, 상념에 잠기곤 한다.

대형 할인마트인 E-마트가 바로 옆에 있고, 냉천교 다리 건너편에는 우리나라 독점자본 가운데 가장 악질적인 포항제철이 보인다.

거대한 자본의 담장과 화려한 불빛들 주변에 초라하게 자리잡고 있던 흙투성이 잡초가 나뒹구는 작은 축구장 하나! 우리는 그곳을 해방광장이라 불렀고, 지금도 그렇게 부르고, 또 앞으로도 영원히 그렇게 부를 것이다. 해방광장이라 부를 때마다 우리는 그 뜨거웠던 5월의 햇살과 화물노동자들의 피

포항시내 거점지역 규찰대를 배치하고 귀환하는 25톤 카고
트럭

고무다라이 형님의 그 기막힌 삐딱춤!

맺힌 절규 소리를 잊을 수 없을 것이다. 우리는 바로 그 해방광장에서 모두
새롭게 태어났으니까….

어느 날인가 민주노총에서 민주노동당 사무실로 가다가 잠시 해방광장 언
덕 위에 차를 세워 놓고 필자는 아직도 한 편의 영화처럼 진한 여운을 가진
채 가슴에 살아 펄펄 끓는 지난 5월의 투쟁의 함성소리를 들었다.

박상준 동지의 영정!
성우지회와 식당차!
트레일러로 만든 무대!
8일 동안 묵었던 십여 개의 천막!
고무다라이 형님의 그 기막힌 삐딱춤!
수백 명을 태우고 쌍라이트를 켜고 달리던 25톤 카고차의 질주!
포스코 3문 봉쇄의 선봉 대한통상의 붉은 차량행렬!

포항시내 거점지역 규찰대를 배치하고 귀환하는 25톤 카고트럭

경주를 거쳐 포항으로 오던 80여 대의 울산지원차량 행렬!

700대의 화물차들이 나섰던 포항시내 봉쇄투쟁!

통행증 발급을 받으려던 자본가의 행렬!

5월 5일 남편을 찾아온 아내와 자식들이 울던 모습!

포항진입도로 양측에 세워진 화물차 수백 대의 모습!

우리를 취재하기 위해 몰려왔던 언론사와 기자들의 모습!

비상벨 소리와 함께 매순간 출동하던 선봉대의 모습!

포항도로 곳곳에 설치된 임시천막과 검문을 하던 늙은 노동자의 모습!

해방광장 언덕 위 도로를 힘차게 구보하며 뛰던 그 함성소리!

잠정합의 후 조합원들에게 큰절을 하던 교섭위원들의 구리빛 얼굴!

연대를 위해 함께 했던 민주노동당, 민주노총, 금속, 업종의 노동자들!

24시간 털털거리며 상황실의 귀를 괴롭혔던 그 발전기 소리!

이제 그 소리와 모습이 정말 그립습니다.

그리고…

고맙다고, 놀랍다고, 잊지 않겠다고….

존경하고 사랑한다던, 주름이 깊게 패고 햇살에 타서 시커먼 얼굴 너머 환한 미소를 띄우며 누런 이와 잇몸까지 다 드러내며 웃어주던 화물노동자들!

아닙니다. 그런 게 아닙니다.

미안하고, 부끄럽고, 다시금 일깨워주어 오히려 우리가 고맙다고….

자랑스런 민주노총의 깃발 아래 부끄럽지 않은 활동가로 다시 서야겠다고….

해방광장에 설 때마다 우리는 다짐합니다.

점점 오만해지고, 교만의 극치를 향해 달리던 우리들의 정신을 번쩍 들게 해준 화물노동자 당신들의 그 함성소리로 인해 우리는 새롭게 더 낮은 곳으로 더 작아지고자 하는 결의를 다져 봅니다.

고맙습니다. 화물노동형제 여러분!

놀랍습니다. 화물노동형제 여러분!

결코 잊지 않겠습니다. 화물노동형제 여러분!

다시 한 번 힘차게 외쳐 봅니다.

"남한노동자계급의 영웅적 투쟁 만세!"

민지네(http://minjine.net) 댓글 모음

거친물살

(03-07-24, 20:43) 그간 화물연대 8일 간의 기억 연재 잘 읽었습니다. 산고를 온 몸으로 받아낸 산파역할을 하셨군요. 이 기록물, 생생히 모두가 기억할 것입니다.

신현정

(03-07-25, 16:31) 소한님! 그 투쟁에서 계속 사회를 보다가 목이 쉬고 피가 나 더 이상은 사회를 보지 않겠다고 선언하셨죠. 그리고는 화물연대 구속자 석방과 투쟁 결의대회에 사전 집회 때 고별전 같은 사회를 보시더군요.

타칭 포항의 나발인데… 참 아쉽더라구요.

소한님만큼 사회 볼 사람도 없다고들 하는데 말이죠.

이젠 목소리가 아니라 글로 만나고 또 다른 투쟁의 현장에서 만나겠지요.

목 아프신 것 꼭 검진 받아보시고, 완쾌되시길 바랍니다.

질풍노도

(03-07-28, 15:41) 포항 민지네 식구들을 만나고 서울에 돌아와서 이 글을 읽게 되니 더욱 반갑네요. 소한님께서는 잊어서는 안 될 남한 노동운동의 역사를 소중히 기록으로 남겨 주셨습니다.

글 마무리하시느라 고생하셨습니다.

구속된 노동자들의 석방을 희망합니다.

성격교정

(03-08-06, 09:51) 수고 많습니다. 소한님 같은 분이 열 명만 더 있으면 세상 뒤집어집니다.

진보누리(http://jinbonuri.com) 댓글 모음

묻지마

너무 소중한 글들을 읽었습니다. 계속 눈물을 참아야했습니다.

고맙습니다.

꾸벅.

걷는이

출판하면 꼭 사보고 싶네요.

출판이 되길 소원합니다.

그런데

지나치게 영웅주의적인 표현들….

간부들의 활약뿐만 아니라 평조합원의 고충이 더 들어가야 완성될 듯.

걷는이

눈물의 경험을 다시 한 번 하게 하는군요.

소한

그런데 님의 충고 감사히 받겠습니다.

지나치게 영웅주의적인 표현들에 대해서는 차후 혹시라도 책이 출판된다면, 꼭 적절한 표현들로 수정하도록 하겠습니다.

평조합원들의 고충이나 내용들에 대해서까지 다 정리하기가 쉽지만은 않을 것 같습니다. 저의 한계이기도 하구요~

아무튼 다양하게 내용을 보완할 수 있도록 노력하겠습니다.

충고 감사합니다.

파란노트

글을 시작할 때 인용했던 '남한노동자계급의 영웅적 투쟁 만세!'를 마무리 글에서도 힘차게 외치는 님에게서 많은 걸 배웠습니다.

메이데이 100주년이던가요. 연대 노천극장에서 집회를 마치고 여의도로 진군하던 중 서강대 언덕배기에 치켜세워진 '남한노동자계급의 영웅적 투쟁 만세!' 그날의 대오가 새삼 그리워지는 요즈음입니다.

수고 많으셨습니다. 늘 건강하십시요 동지! 투쟁!!

명함줬잖아

고생하셨습니다.

소쩍새

소한님 그동안 수고하셨습니다.

바쁘신데도 소중한 글 연재해 주셔서 고맙고요.

구속된 모든 분들과 함께 하신 모든 분들 건강하시길 빕니다.

부록 ——5월 투쟁 관련 자료

화물연대 포항지부 철강업체 5월 7일 14시부로 봉쇄해제

화물연대 포항지부 철강업체 5월 7일 14:00부로 봉쇄해제
— 관련운송사들 본격협상 재개하기로
— 포항철강업체봉쇄투쟁은 유보하되 운송사 파업은 유지하기로
— 교섭결렬 시 보다 강도 높은 투쟁 배치하기로
— 대정부 교섭 결렬 시 물류총파업 돌입하기로

1) 전국운송하역노동조합(위원장 김종인) 화물연대는 5월 7일 11시 30분부터 POSCO, INI, 동국제강, 세아제강 등 포항지역 철강업체 및 대한통운 등 운송업체들과 포항 철강관리공단 회의실에서 포항지역 물류수송 중단사태와 관련한 협의를 가지고 14시부터 그동안 계속되어온 포항지역 철강업체 물류수송봉쇄를 해제하였습니다.

2) 화물연대는 이날 회의에서 POSCO 등 철강업체들이 1. 다단계알선 근절 노력 2. 노조탄압 중단 3. 운송업체들과의 협상 적극적 역할 등을 약속함에 따라 5월 2일 이후 계속되었던 POSCO 등 포항 철강업체 물류수송봉쇄를 해제하고 운송업체들과의 교섭을 진행하기로 하였습니다.

3) 그러나 노조탄압 중단, 운임인상을 요구하며 파업에 돌입한 광주전남지부(광양 연관단지), 경남지부(마산 · 창원 한국철강 및 코스카), 부산지부 양산지회(양산 코카콜라), 충청지부(당진 한보철강 및 한영철강)들의 파업은 계속됩니다.

4) 또 화물연대에 대한 탄압이 자행되는 지역이나 업체에서는 즉각적인 투쟁에 돌입할 것이며, 5월 중으로 대정부교섭, 임단협교섭, 운임인상교섭을 일제히 진행하고 원만한 협의가 이루어지지 않을 경우 조합원 찬반투표를 거쳐 화물연대를 비롯한 운송하역노조 전체의 물류 총파업에 돌입할 예정입니다. 끝.

2003.5.7

전국운송하역노동조합

운송하역노조는 대화를 통한 사태해결에 최선을 다할 것입니다

1) 지금의 물류대란은 생존의 벼랑 끝에 몰린 화물노동자들의 처절한 몸부림이며 사태의 심각성을 인식하지 못한 정부당국의 무사안일한 대처에 따른 필연적 결과입니다.

5월 2일 포항지역에서 시작된 화물노동자들의 투쟁은 요원의 불길처럼 번져나가 사상초유의 물류대란의 위기에 직면하였습니다. 이런 상황은 생존의 벼랑 끝에 몰린 화물노동자들의 처절한 몸부림입니다. 이같은 사태는 왜곡된 물류체계에 따른 필연적 결과이며 이런 상황에 대해 우리는 여러 차례에 걸쳐 경고한 바 있습니다. 그런데도 정부당국은 수수방관하고 있다가 사태가 악화되자 근본원인에 대한 처방은 없이 강경 대응방침만을 내세우고 있습니다.

이같은 사태의 책임은 무성의로 일관한 정부당국과 노조탄압을 일삼은 일부 업체에 있습니다.

먼저 건교부, 산자부, 재경부, 노동부 등 정부당국은 지난 4월 21일부터 노동조합과의 협의를 시작하였으나 진행과정은 실망스럽기 그지없습니다. 협상에 임한 정부당국자들은 문제의 본질에 접근하기보다는 책임 떠넘기기에 급급하고 있습니다. 특히 도로공사는 통행료 문제에 대한 협의의 여지조차 없이 대화를 중단하였고 재정경제부는 협상이 진행 중인데도 공문으로 노조요구 수용불가 입장을 밝히는 등 대화를 통한 문제해결 의지를 전혀 보이지 않고 있습니다. 또한 포스코, 한국철강 등 일부업체는 이미 몇 개월 전부터 화물연대 조합원에 대한 탄압을 해왔고 운수업체들에게 화물연대 조합원들에 대한 탄압을 배후 조종하여 왔습니다.

이같은 정부당국의 안이한 대처와 일부업체들의 노조탄압은 급기야 지난 4월 28일, 서른네 살의 한 가정의 가장인 박상준 화물노동자를 죽음으로 몰아갔습니다.

2) 우리는 대화를 통한 문제해결에 최선을 다할 것입니다.

우리는 뒤늦게나마 포스코를 비롯한 철강업체들과 포항지역 운수업체들이 노동조합과의 대화를 통해 사태를 해결하기로 합의한 것을 환영합니다. 우리는 처음부터 대화를 통한 문제해결을 주장하였으나 아무도 귀를 기울이지 않았기에 사태가 악화되었던 것입니다.

우리는 향후 진행될 정부 및 관련업체와의 협상에서 최대한의 인내를 가지고 최선의 노력을 다할 것입니다.

3) 우리는 경유가, 도로비 등 직접비용인하 · 지입제 · 다단계알선 등 전근대적인 운송체계개혁과 지입차주 노동3권 보장을 위해 끝까지 투쟁하겠습니다.

화물노동자들의 투쟁은 이익집단의 밥그릇 다툼이 아닙니다. 세계 최고 수준의 물류비를 낮추고 왜곡된 물류구조를 개혁하자는 것이고, 화물노동자의 삶의 질을 향상하자는 것입니다.

지금 우리나라의 물류체계는 붕괴의 위기에 직면해 있습니다. 산업의 동맥인 육상운송은 치솟는 직접비용과 봉건적인 중간착취에 시달리는 영세지입차주들에 의해 운영되고 있으며 이들은 사업자도 아니고 노동자도 아닌 애매한 처지에서 이중의 고통을 받고 있습니다.

20만 화물운송노동자들이 생업을 포기한다면 한국의 물류체계는 순식간에 붕괴될 수밖에 없습니다.

우리는 극단적인 사태를 막기 위하여 최선의 노력을 다할 것입니다.

4) 정부당국의 진지하고 성실한 노력을 다시 한 번 촉구합니다.

정부당국은 지금까지와 같은 부처 간 책임 떠넘기기와 시간 때우기 식의 무사안일한 협상태도에서 벗어나야 합니다. 지금과 같은 사태 악화의 근본 책임은 정부당국에 있습니다. 사태가 이처럼 악화될 때까지 해당부처의 장관들이 내용파 악도 못하고 있는 것이 지금의 현실입니다.

우리는 정부당국이 지금부터라도 기존의 구태의연한 태도에서 벗어나기를 간곡하게 당부합니다.

그리고 지금이라도 실무협의에 성실하게 임해주길 바라며, 문제의 본질에 접근해서 진지하게 논의해주기를 다시 한 번 촉구합니다. 아울러 지금보다 더 악화된 극단적인 상황이 벌어지지 않기를 바랍니다.

2003. 5. 7

민주노총 전국운송하역노동조합

화물연대 10대 요구안

◎ 직접비용 인하

- 도로비, 경유가 등 육상운송 직접 비용은 차종, 운행거리, 화물의 종류에 따라 차이는 있으나 운임의 약 30~40%에 달함.
- 이 같은 부담은 고스란히 화주업체에 전가되고 운송업계의 덤핑경쟁을 초래해 운송체계의 혼란을 야기함.
- 에너지 세제 개편에 따라 경유에 부과되는 교통세, 특별소비세는 현재도 큰 부담이 되고 있으나 전면화되는 2006년 이후에는 육상운송체계의 붕괴로까지 이어질 수 있음.

---

(1) 사업용 자동차에 부과되는 경유세 인하

- 사업용자동차에 사용되는 경유에 부과되는 특별소비세 전면 제외
- 사업용자동차에 사용되는 경유에 부과되는 교통세 인하
- 현행 사후보전의 방식이 아닌 현물면세 방식으로 전환

— 정부는 2006년까지 휘발유가 대비 경유가를 75% 수준으로 끌어올리기 위해 에너지세제개편안을 마련하고 특별소비세법과 교통세법을 개정하였음.

— 사업용 차량에 대해서는 인상분에 대한 보조금을 지급하고 연차적으로 삭감 지급하기로 하였음.

→ 2001년 7월~2002년 6월 : 유류세 인상분 전액보조금 지급.

→ 2002년 7월~2006년 6월 : 당해 연도분 유류세 인상액 중 매년 20% 씩 추가 삭감 지급.

— 업계의 반발과 민주택시연맹의 파업 등 저항이 잇따르자 보조금 지급 방침을 바꾸어 2006년까지는 50%를 정부에서 보조하고 50%는 운임조정을 통하여 보전하기로 하였음.

— 그러나 여객운송업과는 달리 운임 조정이 원천적으로 불가능한 화물운송업은 운임 조정을 통한 보전은 의미가 없으며 지방자치 단체에서 보전하는 50% 역시 재원의 고갈, 사후 보전에 따른 횡령 등의 문제가 발생함.

— 따라서 환경보전, 국제수지 개선 등 에너지 세제 개편의 근본 취지는 살리되 국가물류비에 직접적인 영향을 미치고 화물운송 종사자들의 생계를 압박하는 사업용자동차에 부과되는 경유세는 근본적인 대책이 필요함.

(2) 도로비 인하 및 요금체계 개선

- 사업용화물자동차에 대한 고속도로 통행료 인하
- 불합리한 구간별 요금체계 개선
- 심야할인시간대를 확충

— 2002년 4월 차등 인상된 고속도로 통행료는 화물운송 직접비용의 상승을 초래하여 결과적으로 물류비 상승의 요인이 되고 있음.

— 불합리한 구간별 요금체계 및 화물자동차에 대한 심야할인제도는 비용의 상승뿐만 아니라 할인시간대에 차량을 집중시켜 사고의 위험이 높음.

◎ 전근대적인 물류체계의 타파

- 국가물류체계의 중추인 육상화물운송업은 대형화, 체계화라는 정부시책과는 달리 전근대적인 지입제에 따른 영세화, 비효율화로 고착되어 왔음.

- 97년 화물자동차운수사업법의 제정과 2002년 개정에 따라 5톤 이상의 일반화물차량의 개별등록제가 2006년부터 시행될 예정이나 근본적인 해결

책이 되지 못하고 오히려 업계의 혼란만 초래하고 있음.

● 특히 지입제는 지입 사기와 같은 사회적인 문제와 함께 과다한 지입료의 징수와 이에 따른 반발과 충돌이 항상적으로 나타나고 있음.

● 현행법으로 금지되어 있으나 3~4단계의 비합리적이고 전근대적인 다단계 알선은 관행화되어 있으며 이 같은 관행은 물류비 상승의 요소임.

(3) 지입제 철폐

■ 등록제 시행 이전에 표준약관제정 등으로 지입 차주 권리 보호

■ 운수법인에 대한 경영실태조사를 통한 운수업체 비리 근절

■ 지입 사기 범죄자에 대한 엄벌

— 지입제는 운수사업자의 무책임한 경영을 조장하여 왔고 통칭 번호판 장사와 지입료 수입만을 위한 백해무익한 제도임.

— 지입제 문제는 등록제 시행만으로 해결될 사항이 아니며, 오히려 등록제를 앞두고 이해당사자 간의 갈등과 극단적인 충돌을 야기하고 있음.

— 특히 지입 사기와 같은 반사회적인 범죄를 만연시키고 있으며, 무책임 경영의 전형적인 사례임.

(4) 지입차주 차량 소유권 보장

- 지입차주 차량소유권 보장을 위한 특별조치 시행
- 본인 동의 없는 담보제공 등 불공정 행위에 대한 일제단속 및 처벌

— 13만여 대의 사업용 일반화물차량 중 95%가 지입제로 운영되고 있는 실태에서 실차량 소유자인 지입 차주가 자기의 차량에 대한 소유권을 가지지 못하면서 엄청난 불이익을 받고 있음.

— 법인운수업체는 개별등록 및 등기가 불가능한 현행 제도를 악용하여 지입 차주의 차량을 담보로 과다한 지입료를 징수하고 심지어 소유자의 동의 없이 담보대출을 하는 등 지입 차주들은 기본적인 헌법상의 권리인 소유권마저 행사하지 못하고 있음.

— 차량소유권의 문제는 등록제 시행 시기와는 관계없이 즉각적으로 보장되어야 함.

5) 다단계알선 근절

- 다단계알선 행위에 대한 단속 및 처벌 강화
- 불법 다단계알선 행위에 대한 단속권한을 노동조합에 위임

— 다단계알선 관행은 전근대적인 물류수송체계의 전형이며 부당한 중간 착
취임.

— 다단계알선은 현행법에 따라 금지되어 있으나 처벌규정이 유명무실하여
효력이 없음.

— 대형화주 업체에서는 3~4단계의 다단계알선은 기본적인 관행이고 원 운
임의 30% 이상이 알선료로 책정되기도 하며 정부 관급 물자수송에서도
다단계알선은 관행화되어 있음.

(6) 면허제 등 수급조절 기구 및 제도 마련

■ 차량등록제 시행과 동시에 운전자 면허제 시행

■ 화물수송 수급조정을 위한 노정협의체 구성

— 2005년 12월 31일부터 시행되는 등록제는 취지는 바람직하나 이미 수요
에 비해 과포화 상태인 운송시장을 혼란시킬 수 있음.

— 등록제와 함께 차량운전자의 자격 요건을 강화하는 등 면허제를 시행하
여 수급 균형을 유지할 필요가 있음.

◎ 노동조건 및 환경 개선

• 화물차 운전원들은 화물자동차운수사업법 상으로는 '사업자가 아닌 자' 로
규정되어 사업자로도 보호받지 못하고 노동관계법 상으로는 노동자성을
인정받지 못하는 등 이중으로 부당한 처우를 받고 있음.
• 한편 화물운송노동자들의 주된 노동현장은 고속도로상임. 현재 고속도로
휴게소는 휴게소 자체의 절대적인 부족과 기존 휴게소의 시설 미비로 충
분한 휴식을 취하지 못하고 있음. 이에 따라 사고위험의 증가 등 사회적
비용이 높아지고 있음.

(7) 지입 차주 노동3권 보장

■ 지입 차주 노동3권 보장을 위한 제도 정비
■ 산재보험 등 4대 의무보험의 즉각적인 적용

— 지입 차주 겸 기사는 화물자동차운수사업법 상 '사업자가 아닌 자' 이며
사용종속관계 등 업무 형편을 볼 때 노동자임이 분명함에도 노동3권이 보
장되지 않고 있음.

— 특히 화물자동차 지입 차주 겸 기사들은 97년 화물자동차운수사업법 제
정 이전에 산재보험 등 노동자성을 인정받았으나 화물차법 제정 이후 '현
물출자 지입 차주' 의 경우 노동자성 적용에서 배제되어 왔음.

— 그러나 2002년 개정 화물차법은 현물출자 지입 차주 개념 자체가 삭제되
었으므로 노동자성은 당연히 보장되어야 함.

---

(8) 과적 · 축중단속 제도정비

- 컨테이너 화물 과적, 축중에 대한 운전자 처벌 제외
- 화주 및 알선업체의 과적 강요 행위에 대한 처벌 강화

— 과적 및 축중 단속 개선은 건교부 '국가물류기본계획' 의 중요 의제였으
나 여전히 개선되지 않고 있음.

— 특히 국제표준규격인 컨테이너 화물 운송은 운전자에게는 아무런 잘못이
있을 수 없음에도 컨테이너트랙터 운전자에게 벌금을 부과하는 등 전과
자를 양산하고 있음.

— 또 화물알선업체 및 화주들의 과적 강요 행위에 대한 처벌을 약화함으로
써 모든 잘못이 운전자에 떠넘겨지는 불합리가 있음.

(9) 고속도로 휴게소 운영개선

■ 화물차 전용휴게소 확충
■ 기존 휴게소에 세면, 숙박 시설 등 편의 시설 확충
■ 화물차에 대한 차별 철폐

— 고속도로 휴게소는 절대적으로 부족해 장거리 화물차 운전자들은 휴식 없는 장거리 운행을 강요당하고 있음.

— 고속도로 휴게소의 민영화 이후 공익성이 약화되어 화물차는 휴게소에 진입조차 하지 못하는 경우가 많고 마땅히 쉬고, 씻고, 잠잘 곳이 없어 사고위험이 높아짐.

— 이 같은 현실에서 화물차량 운전자와 휴게소 운영업체간의 마찰과 갈등이 계속되고 있음.

◎ 제도 개선을 위한 노정협의 기구 구성

- 정책제도 개선에 담당주체인 화물차운전자의 조직적 참여보장
- 당면 현안 해결과 제도개선을 위한 안정적인 노정협의기구 신설

(10) 노정협의기구 구성

— 국가물류체계의 중핵인 육상운송 분야의 정책결정과 운영에 있어 정작
   핵심주체인 화물차 운전자들은 제외되어 있음.
— 일반화물차량 운전자들은 대부분 전국운송하역노동조합 산하 ‘화물운송
   특수고용노동자 연대(화물연대)에 가입되어 있음.
— 육상운송체계 전반의 정책제도를 개선하고 화물차 운전자들의 처우를 개
   선하기 위한 정부와 노동조합의 긴밀한 협의틀이 절실함.

전국운송하역노동조합 화물연대 포항지부(이하 "포항지부"라 한다)와 포항지역 (주)동방, (주)한진, 대한통운(주), (주)삼일, 천일정기화물(주), 동국통운(주), 로얄상운(주), (주)성우, (주)삼안 등(이하 "운수회사"라 한다)는 다음 각호와 같이 상호 신의와 성실로 이행할 것을 합의한다.

1) 운수회사는 일체의 과적행위를 강요할 수 없다.

2) 운수회사는 화물연대 소속 조합원에게 현재 지급받고 있는 운송료를 다음과 같이 인상하여 지급하기로 한다.

동방, 천일, 삼일, 대한통운, 한진 : 15%

동국통운 : 14.5%

삼안, 성우 : 13%

로얄상운 : 11%

3) 운수회사는 화물연대 소속 조합원에게 조합원임을 이유로 일체의 불이익 처우를 하지 않는다.

4) 운수회사는 배차일보를 매일 공개하여야 한다.

5) 운수회사는 불공정 배차를 할 수 없으며, 불공정 배차로 판단될 경우 담당자를 문책하여야 한다.

6) 운수회사는 2003년 4월 28일 이후 포항지부가 단행한 투쟁과 관련하여 민, 형사상 일체의 불이익 조치를 취할 수 없다.

7) 각 주체는 합의내용을 서명 후 각 1부씩 보관하기로 한다.

8) 본 합의내용은 상호 성실하게 이행할 것을 확약하며 만약 불이행할 경우 불이행 당사자에게 책임이 있다.

9) 본 합의사항은 합의된 날로부터 시행한다.

2003년 5월 9일

전국운송하역노동조합

화물연대 포항지부 지부장 김달식

주식회사 동방 포항지사장 김일하

동국통운 주식회사 본부장 정표화

삼안운수 주식회사 대표이사 강진수

주식회사 성우 대표이사 송병주

로얄상운 주식회사 대표이사 안상을

주식회사 한진 영남지역본부장 김달영

주식회사 삼일 부사장 권유일

대한통운 주식회사 포항지사장 하용섭

[평가서: 출처 ― 화물노동자신문]

5월 투쟁의 성과와 과제

물류를 멈춘 화물연대의 투쟁!! 그러나 이제 시작일 뿐이다

우리에게 지난 5월은 무척이나 길고 힘든 시간이었다. 작년 10월 화물연대 출범 이후 3월부터 지역집회를 시작으로 본격적인 대정부 투쟁을 전개하였다. 그 동안 화물연대는 휴게소 차별 철폐투쟁, 대산투쟁, 울산현대 하이스코 투쟁 등 매번의 투쟁에서 모두 승리하는 신화를 창조하였다. 그러나 투쟁을 계속하면서 많은 것을 쟁취한 반면, 내외적으로 풀어야 할 과제 또한 산적해 있음을 발견했다. 이 시점에서 우리는 냉철하게 지난 상반기 투쟁을 되돌아 보고 계승할 것은 계승하고 고쳐야 할 것은 과감한 비판과 함께 고쳐야 할 것이다. 투쟁만 있고 평가가 없다면 조직의 발전을 기대하기는 어려울 것이다.

화물연대는 상반기 네 가지의 투쟁기조를 상정하였다

첫째. 10대 요구를 내걸고 싸우되, 상반기는 직접비용 인하를 일차적 목표로 하여 대정부 투쟁을 전개한다.

둘째. 상반기에 직접비용 인하가 달성되지 못하면 8월에 조직을 정비하여 하반기에 10대 요구 쟁취를 위해 총력 투쟁한다.

셋째. 상반기에는 운송료 인상을 위한 개별투쟁을 전개하지 않는다.

넷째. 하반기 운송료 인상을 위한 지부(지회)별 투쟁은 지부(지회) 조합원 전체의 운송료 인상으로 귀결되고, 지부(지회) 조합원의 의사를 수렴하여 전개한다.

이 네 가지 기조를 상정하고 상반기 투쟁을 전개했다. 그러나 이러한 기조와는 별개로 각 지부별로 산발적인 투쟁이 전개되면서 투쟁의 힘을 한 군데로 모으기보다는 각개 분산되어 전개됨으로써 투쟁력이 상당수 소진되고 조합원들의 피로가 많이 누적되었다.

5월 1일 이전에는 지부별 집회투쟁과 중앙집중 상경투쟁을 통해 화물연대의 조직력 과시와 위상 고양을 이뤄낸 시기였다. 그러나 거대 재벌 포스코가 노동탄압을 자행하였고 4월 27일 박상준동지가 사망한 사태가 촉발시킨 5월 2일부터의 포항투쟁을 시작으로 각 지부별로 파업투쟁에 돌입함으로써 결과적으로 물류파업의 위력과 화물연대의 실력을 만천하에 드러냈다. 정부와 자본은 화물파업의 위력과 영향력에 놀라고 당황하여 뚜렷한 해결 방안을 제시하지 못한 상황이 벌어졌으며, 전 사회의 최대 현안 문제로 부각되면서 모든 언론과 국민의 주목을 받았다. 이렇게 되자 정부에서는 포항지역에 공권력 투입을 통해 진압하겠다고 공공연히 엄포를 놓았지만 실제로는 실행하지 못하였다.

이러한 상황에서 5월 7일 파업 지원과 동참을 호소하며 선전전을 전개하던 故 최복남 동지가 사망함에 따라 부산지부는 대정부 10대 요구안 쟁취를 내걸고 사실상 전면 파업 투쟁을 전개했다. 많은 논란 가운데 파업을 지속하면서 대정부 교섭과 다자교섭(대자본교섭)을 진행했고, 15일 아침에 잠정 합의서 수용 여부에 대한 조합원 의견 수렴을 한 결과 만장일치로 수용을 결정하고 부산과 위수탁지부의 전면 파업이 종결되었다. 부산과 위수탁지부의 전면 파업이 진행되는 동안에 포항과 광주전남(5.9), 경남(5.12), 충청(5.13)이 타결은 되었지만 부산과 위수탁지부의 전면 파업을 지원, 엄호하기 위해 업무에 복귀하지 못하고 사실상 전국적인 파업이 지속되었다.

화물연대는 상반기 파업투쟁을 통해 엄청난 힘과 파급력을 가진 물류파업으로 교섭에 응하지 않던 정부와 화주, 운송업체 등 자본을 교섭테이블에 나오게 했으며 화물노동자의 생존권 요구와 잘못된 법, 제도, 관행, 중간착취의 실태를 상세하게 알려냄으로써 전 사회적 쟁점으로 부각시키는 성과를 쟁취했다. 또한 상반기 투쟁을 통해 조직을 비약적으로 확대시켜 몇천 명에서 수 만명의 조직으로 발전하는 거대한 성장을 이뤄냈으며 화물노동자의 생존권 쟁취를 위한 전국적인 단결과 투쟁의 구심으로 확고히 자리잡았다.

그러나 이러한 성과에도 불구하고 문제점과 한계도 적지 않게 드러났다

대정부투쟁만 전개하고 운송료 인상을 위한 투쟁은 전개하지 않는다고 생각하는 지부와 조합원이 있었는가 하면 5월 1일 이후에는 지역 차원에서 운송료 인상을 위한 대자본 투쟁을 병행한다고 이해하는 지부와 조합원으로 나눠짐으로써 상반기 투쟁에 대한 상이 일치하지 않았던 것이 사실이다. 대정부 투쟁의 경우에도 투쟁에 돌입하면 쉽게 해결할 수 있는 것과 법과 제도를 바꿔야 하기 때문에 일정 정도의 시간이 요구되는 사안이 구분되지 않음으로 인해 교섭과 투쟁의 적절한 배합과 투쟁의 강약, 속도 조절 등 투쟁전술과 방식에 대한 이해에서 각 지부와 조합원 사이에 차이가 많이 났던 것이 사실이다. 이러한 투쟁의 상에 대한 이해의 차이로 인해 대정부 투쟁의 상승효과와 투쟁력의 극대화를 이뤄내지 못한 것 또한 사실이다.

상반기 투쟁은 외적으로 "세상을 깜짝 놀라게 한 화물연대의 물류파업, 가장 힘있는 노동조합으로의 급부상, 화물노동자의 단결과 투쟁의 구심, 희망의 등불"로 압축할 수 있다.

그러나 내면적으로는 부족함과 어려움도 함께 가지고 있었다.

화물연대는 크게 4시기 (1) 준비기에서 출범식(2002.3~10.), (2) 조직 재정비와 확대(2002.11~2003.2), (3) 전국적 위력 과시와 조직확대(2003.3~4), (4) 대자본, 대정부 투쟁과 부분적 승리(2003.5)를 거치면서 성장, 발전해 왔다. 원래 계획된 투쟁방식과 일정대로 진행되지는 못했지만 큰 발전에 발전을 거듭해 온 것이 사실이다. 그러나 지금은 그 어느 때보다도 중요한 시점에 놓여 있다. 정부와 자본은 온갖 탄압과 회유를 통해 화물연대를 무력화하고 파괴하려 들 것이다. 지금 이 시기에 조직 내부의 질적 발전을 이뤄내야 한다.

우리 모두의 염원을 모아 우리의 피와 땀으로 만든 조직, 우리 모두의 눈물과 고통, 가족의 배고픔을 참고 일군 조직을 깨지 않고 패배하지 않는 불패의 조직으로 만들기 위해 초심으로 돌아가서 할 수 있는 모든 것을 다하도록 하자.

나팔꽃 담장 아래

이해선의 소설이 갖는 미덕은 진지하고 차분한 관찰이다.
시적이고 안전된 문장, 그렇게 감고 펼치는 서사 방식에 믿음이 간다.
섣부른 낙관이나 결말에 이르지 않고 억눌린 자아를
풀어나가는 솜씨도 예사롭지 않다.
날로 자극적이고 가벼워만 가는 세상에 이해선의 시각이
이토록 깊다는 것만으로도 충분한 감동이다.

— 윤정모 소설가

삶의 소설 001

이해선 소설집

황금이삭

안재성 장편소설 

오랜만에 대학로에 갔었다. 전쟁을 반대하는 세계 반전의 날, 한국의 젊은이들도 거리로 나왔다. 70년대 80년대 내내 그 거리에 있었다. 독재타도, 민주주의 쟁취였다. 노동자들의 인간 선언이었다. 파업의 작가 안재성도 그곳에 있었다. 태백의 탄광을 거쳐 구로공단의 노동자였다. 그가 그 칙칙한 작업복의 세계에서 길어 올렸던 빛나던 문체를 잊지 못한다. 그가 10여 년에 이르는 긴 글태업을 마치고 우리 곁으로 다시 돌아왔다. 태업이라도 하지 않고는 견딜 수 없었던 급변의 90년대. 하지만 그가 들고 온 이야기는 어떤 후일담도, 자조도 아닌 "미안해요, 베트남"이라는 부끄러운 고백이다. 한 치의 감정이입도 허용치 않고 시종일관 담담한 서술 속에서 그가 다시 보낸 10년 세월의 정직을 만나는 기쁨에 설렌다.

— 이경자 소설가

삶의 소설 002

불법대한민국

최초의 외국인이주노동자인권선언서

말해요, 찬드라

이 책에는 외국인이주노동자들의 삶의 애환, 아픔과 절망, 그러나 그 속에서 가녀리게 피어나는 웃음과 희망이 담겨 있다. 그것은 곧 그들도 인간이라는 외침이다. 그 외침은 짙은 분노를 동반하고 있다. 그들은 분명 인간이지만 동시에 인간이 아니었다. 우리가 그 외침과 분노에 귀 기울여야 하는 것은 그것이 바로 우리 자신의 모습을 반영하기 때문이다. 감히 말하건대, 산업연수생제도와 미등록(불법체류)의 악순환 구조는 세계에서 가장 지독한 착취구조였다. 나는 자주 한국인임이 부끄러워지는 자신을 발견했다. 물신에 찌든 이 사회의 천박함은 가난한 나라에서 온 인간들에게는 잔인성까지 보여주고 있었다.

홍세화 사회평론가

『전태일 평전』 그 이후, 보고문학의 정수

단지 말이 통하지 않는다는 이유로 경찰서를 거쳐 행려병자 수용소로 보내졌다가 다시 6년 4개월의 정신병원 생활을 거쳐야 했던 찬드라. 정신병에 걸린 한국 아내를 두고 쫓겨 가야 했던 '그'. 의리를 지키기 위해 다시 돌아온 '그'가 안아야 했던 것은 아내의 쏟아진 내장이었다. 도대체 이게 다 무슨 이야기들이란 말인가. 나는 지금 기도라도 하고 싶은 심정이다. 말해요, 찬드라. 이제라도 우리는 그들의 말에 귀를 기울여야 한다.

윤정모 소설가

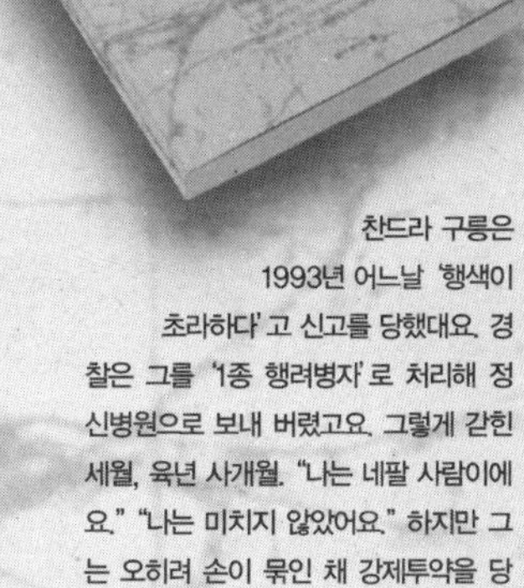

찬드라 구룽은 1993년 어느날 '행색이 초라하다'고 신고를 당했대요. 경찰은 그를 '1종 행려병자'로 처리해 정신병원으로 보내 버렸고요. 그렇게 갇힌 세월, 육년 사개월. "나는 네팔 사람이에요." "나는 미치지 않았어요." 하지만 그는 오히려 손이 묶인 채 강제투약을 당해야 했답니다. 그런 30만 찬드라 구룽의 사연들로 가득 찬 책. 하지만 낯설어 하지 마세요. 조금 다르지만 더 많이는 같은 우리 이웃들의 이야기랍니다.

지은이 · 이란주 | 펴낸 곳 · 진보생활문예 『삶이 보이는 창』 | 정가 9,000원

이 책은 진보생활문예지 『삶이 보이는 창』에 6년 동안 연재되었던 외국인노동자들의 삶의 이야기입니다. 이란주 님은 1995년부터 〈부천외국인노동자의 집〉에서 '그들'과 더불어 온갖 삶의 아픔을 함께 나누어 가지고 있습니다. 사진도 넣지 말자고 우기던 그녀. 그런 이가 우리 곁에 있다는 것이 무척이나 고맙고 눈물겹습니다.

진보생활문예 삶이 보이는 창 www.samchang.or.kr / samchang@samchang.or.kr / Tel 02-868-3097

하루 한 번 마음의 『창』을 열자!

추천이 아깝지 않은 책　진보생활문예지 **삶이 보이는 창**

권낙기 비전향장기수 / 통일광장 운영

남북화해 차원에서 장기수 어른들이 북으로 올라갈 때 짐보따리에 『창』을 넣는 선생들을 보았다. 창은 이 시대를 가장 치열하게 살려는 사람들에게는 오래전부터 따뜻한 마음의 벗이었다. 역사를 바꿔나가는 것은 큰 목소리가 아니라 생활 속의 작은 목소리들이라는 것을 『창』은 조용히 말한다. 난 그 울림이 좋다.

박선봉 민주노총 문화국장

자본에 강요당하는 휴식이 아닌, 황혼 무렵, 고된 노동을 끝내고 가족의 사랑이 묻어 있는 저녁 밥상을 마주하듯, 고요하고 평온하게 영혼의 쉼터를 만들어 주는 『창』, 그 넉넉한 품에서 맘껏 상상의 나래를 펴 보시길….

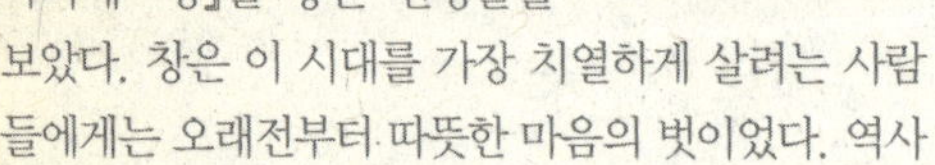

조세희 소설가

노동자 민중의 샘터지를 만들어보겠다는 이야기를 처음 들었을 때, 덩달아 가슴이 설레였다. 딱 그 부분이 빠져 있었다. 모든 이념의 뿌리가 될 대지의 이야기들, 흙 덜 턴 감자맛 같고, 땀 찌린내가 물씬 풍기는 글들. 그 평범한 삶들이 내뿜는 활력만큼 푸르른 생명의 나무가 또 어디 있을까.

박남희 전국여성노조 서울지부장

하얀 종이 한 가득 연필 꾹꾹 눌러 쓴 편지가 그립습니다. 웃음과 울음, 한숨이 들어가 글자 사이로 숨결이 일렁이는 편지. 『창』을 펼치면 오래전 친구가 속내 열어 보여주던 그 마음이 오롯이 새겨져 있습니다.